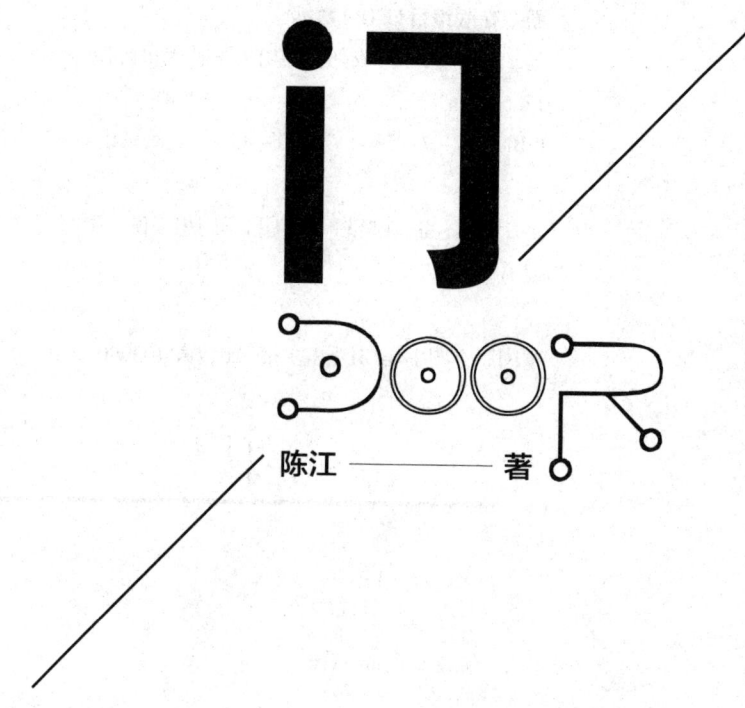

门 DOOR

陈江———著

四川科学技术出版社

图书在版编目(CIP)数据

门／陈江著. — 成都：四川科学技术出版社，

2017. 5

ISBN 978 – 7 – 5364 – 8645 – 4

Ⅰ.①门… Ⅱ.①陈… Ⅲ.①科学幻想小说—中国—

当代 Ⅳ.①I247.5

中国版本图书馆CIP数据核字(2017)第103990号

门
MEN

著　者　陈　江

出 品 人　钱丹凝
选题策划　刘云志
责任编辑　肖　伊
封面设计　仙境设计
版式设计　孙　波
责任出版　欧晓春
出版发行　四川科学技术出版社
　　　　　成都市槐树街 2 号　邮政编码 610031
　　　　　官方微博：http://e.weibo.com/sckjcbs
　　　　　官方微信公众号：sckjcbs
　　　　　传真：028-87734039
成品尺寸　148mm×210mm
印　　张　6.5　字数 130 千
印　　刷　北京富达印务有限公司
版　　次　2017 年 5 月第 1 版
印　　次　2017 年 5 月第 1 次印刷
定　　价　32.00 元
ISBN 978 – 7 – 5364 – 8645 – 4

风越来越大了，林辛竭尽全力扭过头，望向身后的玻璃窗——他看到了琳。虽然近在咫尺但却怕是再也碰触不到了，甚至转身面对她也做不到。真是太遗憾了，太遗憾了。梅已经越来越远，她那撕心裂肺的呼唤也渐渐被风声盖过。

对不起啊，梅。到头来，或许这样才是保护你最好的方式。你再也不用害怕了，没有人会再伤害你了。

周围越来越亮，风也越来越大。虽然结果已经注定，但在飞向这个结果的过程中，却有太多往事出现在眼前。这些天的事情竟然能在短短数秒内在眼前一闪而过，林辛惊讶于这最后的记忆力。

"要是能写下来该多好啊！"在最后一次微笑之后，他闭上了眼睛。

目 录

第一章　最后的声音

　　B市的夜晚向来非常安静，尤其是秋天。月亮在没有云的天空中默默地发出光来，银色的大地在月色中呈现出淡淡的光晕。整个世界在这光晕中似乎都隐去了自己的色彩，只留下自己的轮廓来证明自己的存在。

　　黑色的是影子，长长短短。这里是S小区，没有什么树，只有高耸的大楼。在这片银色的大地上，这个小区留下的影子都是规则的几何形状，虽说不至于重复，但在这变化中间却不难看出单调的痕迹，正如这个城市一般。在一幢最高楼的顶部边缘，出现了一个女孩。她侧过头，似乎是在跟谁说话，但很快就结束了。女孩转过身，默默凝视着前方，然后向后倒去。

　　坠落的过程很快，但在落地前的一刹，她还是发出了最后的声音："不！"

梅拎着刚买的菜来到家门前，还没有开始掏钥匙门就开了。开门的是林辛，她男朋友。他说："我已经听说了——阿简死了？"

"嗯。"梅简单地应了一声，然后来到冰箱前打开门，把菜放进去。本来想进厨房做饭的，但就是觉得提不起精神。梅关上冰箱门，回到客厅，颓然地坐到沙发上。好友死亡的消息对她来说还是太不真实了。

"明明有那么好的男朋友，"梅低下头轻声自语道，"到底为什么想不开呢？"

"自杀需要很大的决心，她一定是绝望到没办法了。"林辛是个工作狂，但今天得知梅的好友身亡的消息后也觉得心情晦暗不堪，索性放下工作在家一直待着等梅回来。

"那为什么不找我商量？"梅转头看着林辛，"她怎么这么傻啊？有什么话不能对我说吗？"

人和人之间也不是什么话都能说的啊。林辛本来想这么说，但看到梅伤心的样子，便改口说道："可能没来得及吧，听你说她最近陪男朋友很多，可能他会知道些什么，我找时间去问问吧。你也别太伤心了，毕竟离开的不会再回来了。"

梅没有回答，只是点点头。两人又坐了一会儿，梅终于平静下来。她站起身朝冰箱走去，说："我去做饭，也不能老想这件事。你说得对，离开的不会再回来了。"

"嗯。我明天去找他男朋友聊聊吧，有他的联系方式吗？"

梅想了想，说："没有。我只知道她男朋友叫剑。"

"这就有些麻烦了，我想想法子吧。Paul和她很熟，应该知道些什么。另外明天你去见见阿简的父母，我记得她妈妈血压有些高，你买些药送过去。"林辛说完这些之后似乎还有些话憋在心里，但他看梅已经在厨房里忙起来也就放弃了，转身进了书房。

第二天，林辛来到简工作的大楼找Paul。Paul曾经是他的创业伙伴，四年前两人合作完成了一篇题为《潜意识需求的商业应用前景》的论文，发表之后不到半年就获得来自硅谷总计5亿美元的投资，紧接着他们就在中国B市的CBD租下了一整栋办公大楼并成立了自己的公司——Prophetech。

当今商业社会中的用户行为与反馈分析主要集中在"已经发生的"行为上，即便是能作出一定程度的预测也仅仅是对模式进行匹配而已。林辛他们的研究集中在"想要做"的事情上，在这个大环境中简直就如同"火星科技"了。

他们的研究主要是通过微芯片扫描脑磁图（magnetoencephalography，MEG[①]）来获得大脑的工作状态。本来这种技术在

---

① 和MRI（magnetic resonance imaging，核磁共振成像）不同，MEG通过超敏感磁场传感器来被动读取大脑活动产生的电磁波，不需要主动发出电磁波脉冲来撞击人体内的分子。另外和需要等待原子核落回低能态的MRI不同，MEG的扫描的反应时间更快。

1968年就已经出现，但不论是结构成像还是功能成像都一直局限于医学领域。对于大脑中理性活动的高精度扫描也一直停留在学术研究领域，并没有发展出什么普通的民用案例。想要相对完整地解析脑部活动，仅靠目前实验室中扫描头盔里的三百多个传感器无异于用量筒丈量大海的容积。

林辛和Paul在一次偶然的实验中发现大脑中的间脑部分也能发出可被探知的微量电磁场；由于间脑①部分主要控制人类的"机械"部分，所以相比较主管思想的端脑②部分，间脑部分发出的电磁场更有规律并且干扰更少。他们基于这项研究自行研发了一种能扫描特定深度位置特定波长电磁场的传感器，并成功解读了"饥饿""满足"这样的感觉信号。在如今用户行为分析已经成为商业决策的重要依据的商场中，这样的发现无疑就是核武器一般的存在——商家完全可能先消费者之想而动，将消费者最需要的商品直接投递到对方面前。更绝的是，消费者可能是在商品已经在半路上的时候才主动"认识"到这个需求是多么重要！中国和美国的军方也对这个研究表明了强烈的兴趣。没有军队会

①　间脑（diencephalon）可以认为处于颅骨的"球心"位置，包括丘脑和下丘脑，绝大部分面积被两个脑半球所覆盖，主管自主神经系统。自主神经系统负责包括心跳、血液循环、消化之类无法被意识接管的行为。

②　常说的"大脑"指的其实是端脑，包括两侧大脑半球、胼胝体与基底核。

对"料敌于先"这种能力视而不见的。由于林辛和Paul的强硬表态，这项研究才勉强停留在观望状态。也有传闻说已经有军方的间谍潜入到他们公司的内部打探机密，对此两人一直拒绝表态。

前不久林辛以家庭原因为由离开了团队，只保留了创始人的身份和董事会的席位。即便如此，他身上的股份也已经使他成为科技界最年轻的亿万富翁之一。同样是高新科技，同样是两人联合创业，林辛的离开使得他总是被比作是中国版的沃兹尼亚克[①]。和沃兹尼亚克与乔布斯的组合相反的是，林辛是设计出身，被誉为新交互拓荒者，而Paul则是个技术鬼才。对于林辛离开的理由虽然业界众说纷纭，但Paul本人却三缄其口。林辛从本科阶段开始就一直有惊人的设计作品出现（由他个人持有的设计专利就不下30件），这使得他在创业之前就已经在创意领域颇有名气，因此他的离去难免让业界对Prophetech未来产品的走向变得没那么有信心，直到林辛公开表示"他会和Prophetech保持私人方面的合作，这次离开真的只是家庭原因"才好歹稳住了局面。

"阿简一直都很努力。"Paul在咖啡厅坐下的第一句就是这

[①] 斯蒂夫·沃兹尼亚克（Steve Wozniak），苹果联合创始人之一，由他创造的苹果II计算机大获成功，这也使得他被称为"让计算机走进普通家庭的工程师"。

个，"我一看是你的电话就知道你是冲着这事情来的。"

"嗯，对你来说现在公司正是很困难很忙乱的时候，我还把你叫出来问这些真是辛苦你了。"

"哪里，梅才辛苦呢。那么要好的朋友，说走就走了。"

"是啊，昨天她回家之后整个人都不对劲，不过也是可以理解的。我就直接问了，阿简最近有什么反常的行为吗？"林辛把奶倒进咖啡，但却没有喝。

"要说反常，那也是好的反常——她大概一个月前认识了一个男朋友，好像叫剑，然后整个人都幸福得要命。我还从没见过她那样子。听她描述那个男孩子是她'心灵的同行者'，我还说要她哪天把男朋友带来公司让我们看看呢。"

林辛觉得挺意外，说："一个找到了'soul mate'，一个这么幸福的人，竟然会自杀？"

"我也想不通啊……"Paul说，接着脸色一转，"但前天她整个人都魂不守舍的，我还以为她是和男朋友吵架了，问她情况她又不说。于是我就让她在家休息一天，没想到昨天一来上班就听到坏消息。"

林辛琢磨着简这番变化可能的原因，但无奈也没有找到答案。只好接着问："那你知道她男朋友的联系方式吗？他应该知道一些情况，我想找他聊聊。"

"这个……我也不知道。你知道我不是那种喜欢八卦的老板。"Paul抱歉地笑笑。林辛也只好耸耸肩表示遗憾。

Paul把剩下的咖啡放到嘴边正准备喝，突然看到林辛的眼镜腿有荧光发出来，他笑道："我才注意到……你还戴着BUD①呢。"

林辛笑笑："虽然人不在公司了，但我还是对这个项目很热心的。再说只是采集数据，对我来说没什么影响。既然你能看到荧光，说明刚才我的脑波变化挺剧烈的。"

"其实要说变化剧烈，我也有。"Paul指了指衣领上的一个扣饰，"我不是近视眼，所以也没必要用眼镜式的BUD。我承认眼镜式的采集效果更好，只不过我实在不习惯戴个镜框走路。"

林辛点点头，回了个笑脸。但心里却很沮丧，什么都没问到。看看时候不早了，梅也应该跟简的父母聊得差不多了。林辛起身去停车场，他要接梅回家。

"您也别太难过了。"梅把药放到柜子上，然后扶着阿简的母亲坐下，"毕竟人死不能复生，回不来的就让她走吧。您要是伤心弄坏了身子，阿简也不会开心的。"

---

① BUD即brain utilize device，脑（信号）实用转化装置。是Prophetech计划中的民用量产型数据采集装置，通过对一定量样本的脑波进行不间断采集，从而获得足够用于大数据分析的样本。在这个基础上再对一般用户的脑波数据进行商业化的分析。

"小梅啊，我懂……"简母拉着梅的手说，"但这白发人送黑发人，还是让我心里头太难受啊。你知道，我最疼这孩子了，这会儿我心里……"简母说着眼圈很快就红了。

简父在旁边的沙发里颓然地坐着，双手紧握。虽然没有什么明显的动作，但还是能看出来这位老人家在极力克制自己心中的悲伤。

简母继续说道："听她说已经和那小伙子住在一起之后，我和她爸本来都打算抱孙子了，现在却只剩这两把老骨头……才高兴了一个月，结果那孩子就去了。"

"您别这么说。"梅虽然无法感同身受但也能体会老人家心中的难过，她只能尽力安慰，"我就是您的女儿了，我会常来看你们的。"

看看时间不早了，梅起身告辞："你们二位要保重身体啊，伯母要想开一点，都会好起来的。我过两天再来看你们。"

梅出门走了一段路，开始觉得简一定是瞒着什么重要的事情。连她父母都知道她和男朋友同居且同居也有一段时间了，但"同居"这么重要的事情自己竟然毫不知情。不管怎么说，简也不是会自杀的人，这中间肯定有什么自己不知道的东西藏着。

简的父母是接到医院的通知之后直接去认领的尸体。虽然葬礼还有几天，但简的家里应该还有些值得纪念的东西。梅希望简能带着一些她喜欢的小物件离开，另外也想要看看简最后生活的地方，希望能找到她那位男朋友的一些线索。不管怎样，女朋友自杀之后就失踪，就算是用"悲伤过度"作为借口也还是太过分了。如果能找到他，一定要痛骂他一顿！

梅低头翻翻手提包，简家的钥匙还在包里。她们很早就互相留了钥匙，以防自己把钥匙关在了家里。

梅打开简的家门。这里很安静，也很干净。简是个内向而且爱干净的女孩子，总是把什么东西都归置得井井有条，在她的小世界中看不出一丝杂乱的痕迹，有时候梅甚至觉得简过于注意整洁了。梅时不时会在简家里呆上几天，每当梅把内衣随手放的时候简总是非常生气，并且一定会把梅乱扔的内衣收到一个筐里，还一定会用盖子盖好，仿佛看到有不规则的轮廓都会让她窒息一般。梅一度觉得这样近乎执着地爱整洁是因为简小时候被家里管得太严——她很少在外面玩，和男孩子出门更是难得一见。当简告诉梅自己有了男朋友之后，梅是打心眼里替她高兴的。自从那之后，她和梅交流的频率骤减，以前几乎每天都要通过各种联络方式互相通报一下状况或者八卦一下身边的事情，但接下来就变成单向联系，梅找她搭话她才应付着回复一下，短信里都是"嗯""是啊"这样的句子。上个礼拜她干脆就没回复任何消息，搞得梅都觉得很郁闷，跟林辛说简重色轻友。本来打算这个周末约简出来聚一聚顺便埋怨一下她，但没曾想再也没机会了。

床头柜上的手机还是放在小篮子里，书柜里还是照老样子放着一些时尚杂志，还有简喜欢的唱片。简喜欢收藏CD，在这个数字音乐已经唾手可得的时代，这份坚持还是很难得的，尤其是她收藏的不少CD都是进口的限量版。在简的收藏里有相当一部分是能让人觉得舒适和放空的House音乐。CD播放机前面放着一张"Sirens of the Sea"——这是简最近很沉迷的一张专辑。之前她还曾极力推荐给梅听，虽然梅也觉得不错，但显然没有到简那般狂热的程度。先是搜集CD，然后是混音版，然后是宣传海报（都不知道她从哪儿弄到的），再然后是连续好几个月从专辑里挑歌词出来当成自己的各种聊天工具签名……一直到现在，她的网络头像还是这张CD的封面。似乎对整洁的偏执也影响了简收藏的习惯，她对自己喜欢的音乐总是尽最大的可能搜集相关的内容，直到再无东西可寻为止。

梅打开CD盒，发现光盘不在里面。于是她从播放机里面取出CD放回到盒子里。"你听了多少遍啊，"梅忍不住苦笑一下，"好歹变一变口味啊。"

当"变一变"这几个字一出口，梅很快就觉得不对劲了——这里真的一点变化都没有。所有的一切都和梅印象中完全相同。唱片的位置，遥控器的位置，钥匙盒的位置，瑜伽毯的位置，茶杯的位置，拖鞋的位置……如果真的有一个在这里共同生活了一个月的男友，不可能一点痕迹都没有吧？好歹会多一个茶杯，一双拖鞋吧？和男朋友同居这么长一段时间，但房间里却依然看起来像是一个人在住？梅在房间里越看越觉得心里发冷。在反复查看了好几遍室内的布置确认确实没有另一个人生活的迹象之后，梅掏出手机打给林辛。

"梅？你在哪儿啊？我正准备接你去呢。"

"我在简家里。先别管这个，我问你，你当初开始和我一起住的时候带了哪些东西过来？"

"没啥东西啊，我记得那天我急着过去你那边，也就是一些换洗衣服还有拖鞋什么的。你知道我之前住办公室的。"

"后来你又带了哪些东西过来？"

"那就多了去了。水杯、电脑、游戏机、各种杂志……我还把你的旧电视卖了换成我自己的超大3D电视。"

"如果我告诉你简的家里连一双男人的拖鞋都没有你会怎么想？"

"除非那哥们穿得下简的拖鞋……但我更愿意说他现在是消失得太彻底了，怕我们找他算账吧。"

"不……我觉得不是这样的。"

"那你觉得是？"

"我也就是那么一说，你别笑话我啊……"

"我啥时候笑话过你了，快说吧。"

"我觉得简根本没有什么同居的男朋友，都是她编出来的。虽然怀疑好朋友在精神方面有问题不是很好……但仔细想想，有人见过那个'剑'吗？包括Paul还有简的父母，任何她可能会带男朋友去见的人。"

"……有道理。我觉得她不告诉你同居的事情是因为你有她家的钥匙。"

"我在这儿越看越觉得心里发慌，你来的时候能把车直接开到楼下吗？"

"……"

"你在听吗？"

"听着，我们得谈谈。你在哪儿？"电话那头的林辛突然换了个语调。

"不是说了我在简这儿吗？你不会又不记得地方了吧？我再把地址给你短信过去，快来接我啊。到现在你也就记得办公室啊，我家啊，还有两家超市的地址，这可不行啊。"梅埋怨了两句之后挂了电话。

等了一会儿梅听到林辛的车开进院子的声音，于是她下楼和林辛会合。梅从单元门口出来，然后朝着副驾驶的位置走去，但接下来发生的事情是她做梦都不会想到的——车子突然向她撞来！

梅勉强避开了这一下，但差点儿吓掉魂儿："你干什么啊？！"

没人回答。车子很快掉了个头，又朝她撞来。梅吓坏了，赶紧跑回到单元门里。车子在单元门口停下来,林辛从车里走出来。在看到林辛的脸的一刹那,梅几乎不敢相信自己的眼睛——那样的表情不是林辛,那目光也绝对不是林辛。虽然确实是林辛的身体,但仿佛里面换了一个人,而那个人现在正在用充满了敌意的目光打量着梅。

"你是谁?"梅问话的时候嘴巴都在发抖。

"这还用问吗?你等的不就是我吗?"那个林辛冷冷地回答道。

第二章　人格接管

　　林辛现在站在车头灯前，在梅的眼中投射出一个巨大的剪影。虽然梅现在已经看不见林辛的表情，但她能感觉到这个人不是林辛——站姿有细微的不同，加上之前说话的语气语调。仿佛另一个灵魂控制了林辛的身体。

　　"你到底是谁？"梅颤抖着问道。

　　"是谁？当然是林辛喽。我是来接你的呀。"

　　"不！你不是林辛！我知道！"

　　林辛往前走了一步，说："别说傻话了，我刚才真的只是一时迷糊，最近工作太辛苦了。来，跟我回家。"

　　梅犹豫了一下，但看到向她走过来的林辛之后她再次确认了自己的判断——这绝对不是林辛，走路的姿态完全就是另一个人！梅慌忙转身冲进楼道里的电梯，然后用最快的速度关上了门。电梯开门之后她近乎狼狈地冲进了简的家。虽然在这种情况下躲进好友的家有些奇怪，但林辛没有简家的钥匙，现在这里是最安全的了。梅平复了一下呼吸，来到阳台往下看。林辛还在楼下，而且抬头紧盯着梅。两人对视了一会儿，林辛（或者说"那个人"）终于放弃，转身开车离去了。

梅已经满身冷汗，在检查了好几遍门窗已经关牢之后简单洗了个澡就上了床。她已经被吓坏了，整个夜晚都睡睡醒醒，直到天亮才彻底睡着。

梅黑着眼圈接听手机的时候已经快中午了。

"梅，你怎么没回家啊？"

"……"

"怎么不说话？"电话那头的林辛显然是无可奈何的口气。两人在一起难免有吵架的时候，而吵完架之后一定是林辛死皮赖脸地赔不是，至于是因为谁的原因开始吵倒不重要了。现在电话中林辛的口气显然就是这种赔不是。

"你昨天都快杀了我啊。"梅尽量让自己平静下来，一个字一个字地说道。

"喂、喂，就算我惹急你了，也不至于让你气到昏头吧。我先给你赔罪，但昨天我好像晕晕乎乎地不知怎么就回来睡了，结果没去接你，但我绝对不是想惹你生气啊。"电话里林辛显然以为梅的意思是"等了一晚上"。

"没来接我？你不但来了，还开车想撞我！我说你怎么还找我问阿简家的地址呢，弄了半天是过来撞我！"梅越说越激动。

"哪有的事儿啊，我当你的司机还来不及呢，怎么会撞你？"林辛很认真地回复道。梅有时候确实会为一些在林辛看来是鸡毛蒜皮的小事大闹别扭，甚至会让林辛觉得"不可理喻"，可就算林辛已经相当习惯了梅发飙的路数，刚才她说的事情也实在太夸张了。在梅一五一十地讲述了昨晚发生过的事情之后，林辛确定梅不是在耍性子了。现在他终于意识到事情没有那么简单——林辛的车，林辛的人，还有那完全陌生的眼神、语气和动作，而林辛本人却完全没印象。

梅也通过电话中林辛的表现，确定了现在和她对话的就是如假包换的林辛。这时，脸色铁青的林辛拿出手机调出和自己的车绑定的手机应用，仔细确认了一下昨晚的行车记录，他的车确实到过简的小区。

"也就是说，昨晚我确实去过那里了。严格来说，是我的身体过去了，而且还想杀了你。"林辛看着行驶记录，现在他已经确定昨晚自己不对劲了。

"嗯。"

"虽然很难以置信，但我知道你不会骗我的。这样，我记得简住的小区物业安防挺好的，你想办法找保安要一段监控录像过来，我们到新世纪商业走廊碰头仔细看一遍录像。"林辛交代道，"新世纪商业走廊是一个很繁华的商业街，那里人比较多，如果我再失去神智你也应该不会有什么危险。"

"好的。你不会让我有危险的，如果是你的话。"梅现在已经感觉好多了。林辛是个很可靠的人，并且一直对梅非常体贴。他们交往很久之后林辛和Paul成立了Prophetech，创业使他变得很忙，但对梅的关心一点也没有变过。梅看中的就是他这一点——虽然有时候因为疯狂工作而不怎么理她，但梅很清楚林辛心里是有她的。

梅以在好友家过夜结果晚上差点被车撞伤为由找保安要了一段监控录像，当然对于那辆车的车主只字未提。拷贝完录像之后梅就直奔新世纪商业走廊找林辛了。

林辛比她来得要早，远远看见梅之后就开始招手。梅走到林辛身前两步时犹豫了一下，在确认站在自己眼前的就是自己最信任的那个人之后，她终于克制不住了，一下子扑进林辛怀里。这下反而是林辛被吓一跳。在好生安抚了梅一会儿之后，两人找了个咖啡厅坐下。现在最重要的事情就是亲眼确认昨晚到底发生了什么。这中间最觉得尴尬的就是林辛，因为他真的不记得昨晚的事情，就跟有时候早上浑浑噩噩出门上班结果走出去老远突然忘记了自己是不是真的锁上门的感觉一样。以前颇有些强迫症的林辛碰上这种情况是一定会返回家确认门已经锁上才会回去工作的，直到他给门锁加上了一个能远程读取状态的传感器为止。现在能确认昨晚那段空白的时间里发生过什么的，就只有梅带来的这段监控录像了。

录像中，林辛的车在向梅开过去的时候完全没有减速的意思，而在那之后打开车门走出来的人，确实是林辛或者说确实是林辛的身体。

"这不是我！"林辛像看见鬼一样死死盯住屏幕里那个身影不放。他无论如何也不能相信，在失去意识的这段时间里自己竟然会作出撞杀梅这种事情。

是梦游？以前可从没有这种事情发生过。人格分裂？（dissociative identity disorder，DID）确实有可能出现这种症状，且被次人格接管行为的那段时间中，主人格处于休眠状态，那段时间发生的事情对主人格来说是隐藏的。在反复考虑过各种可能性之后林辛还是没能找出能让自己信服的解释，只好决定去寻求专家的帮助。

Paul有个朋友叫Nina，是很棒的心理医生。她在纽约有一家很大的心理咨询与辅导机构，也服务于当地警方。主要通过鉴定犯人的心理状态来防止有些罪犯以精神疾病为由逃避法律的制裁。这家机构前几年来到B市开拓中国市场，按照Nina的话来说就是"高速发展的经济一定会带来普遍而严重的群体性心理问题，而中国民间一定会存在心理辅导资源的严重不足，这样的市场白白放着不管简直就是犯罪"。Prophetech的员工出现情绪或者心理问题的时候，Paul都会让他们去Nina那里寻求帮助。林辛有过几次严重失眠的经历，也被Paul强迫着和Nina见过几次面。一想到之前被强迫看心理医生甚至被拍fMRI①的事情林辛就总觉得哪里感觉不对，脸色也难看了起来。

梅看到林辛的表情之后半天没敢接下茬，过了好久才怯生生地问道："你公司的那个脑波采集什么的，叫BUD吧，那个东西会不会对人有副作用啊？"

林辛摇摇头："不可能。BUD只是被动采集指定波长的脑波，没有也不可能主动输出信号到大脑中。而且就算真有副作用，Paul因为开发测试的原因使用BUD的时间要比我多出许多，但他没有出现任何问题。"

"那我该怎么办？你也看到了……"梅都快哭出来了。

林辛笑了一下，摸摸梅的头，说："别哭，我又没说我没有办法解决这个问题嘛。"

在确认梅在听之后，林辛继续说："首先我需要确保你的安全。在我搞清楚身上发生的事情之前，你就继续住在简的家里。顺便跟你爸妈打个招呼，就说我最近在家里做些很疯狂的实

---

① 功能性磁共振成像（fMRI, functional Magnetic Resonance Imaging）是MRI技术的一个应用方式，通过检测思想活动与大脑（或脊髓）中活动神经元的位置关系来绘制出"思想—神经活动"的对应关系图。

验，你需要找个清静的地方住一阵子。

"我现在初步认为是梦游，再糟糕一些可能是人格分裂，但都无法百分之百确定。我需要找Nina聊一聊，然后再看接下来该怎么做。梅，我很沮丧，甚至无法相信我对你做过的事情，但我需要你相信，我能找到原因的……"由于这次真的没什么把握，林辛说到这里觉得自己的声音都小了不少。

"我相信。"梅感觉到了林辛的痛苦，她看着林辛说，"你一直都是这样，无论碰到什么事情都很冷静，即使是需要对自己作出诊断，这次你也一定能做到的。如果我能做什么事情帮到你的话一定要告诉我呀。"

"当然。"林辛感激地拍了拍梅的手，然后把她送到商业走廊的出口。在看着梅进到一辆出租车里以后他拨通了Nina的手机。

一个小时后林辛来到了B市另一端的妮娜心理咨询服务中心（Nina's Mental Consulting Services，NMCS），Nina很热情地下到大堂来迎接他。NMCS不采用挂号之类的服务，也不把客户当作病人看待。Nina很坚持地将这个大堂布置成了一个阅览室，有图书、音乐和休闲游戏供进来的人们免费使用。而佩戴NMCS胸卡的心理顾问（这里称为相谈师）穿梭其中和放松状态的人们沟通，尝试通过观察这些人的行为细节来找出对方可能存在的心理问题。如果对方同意进行更深入的沟通，则会在签署一份合作协议后进入到楼上的座谈室进行下一步的观察甚至心理辅导。如果确诊是精神方面的疾病则会指派专属的心理医生来设计针对性的疗程。根据病情的不同，也可能会开出一些精神类药物的处方，只不过这个比例按照Nina的要求被控制到相当低的水平。

"精神有问题"对很多人来说都是个羞于启齿的事情，更别说接受辅导和治疗了。当初Nina的中国合作伙伴劝她不要在大堂搞什么免费服务，但Nina很淡定地告诉他，如果我们自己都搞不明白进来的人想干吗，那就别做这门生意了。几年下来，事实也证明了Nina思路的正确。进来大堂的人里有相当大的部分后来确实转为了实际的客户，这里面也有相当高比例的个人甚至公司和NMCS签订了长期的服务协议。从转化率来看，这种对谈服务模式比粗暴的挂号门诊高出不少。

"我们的生意很好其实是个让人尴尬的现象，大家的物质生活在变得更好，但精神却不可避免地受到物质的污染。"Nina对林辛说，"就像工业发展离不开污染，量产离不开浪费一样。没人能逃出这个循环，我们能做的只是尽可能减少负面因素带来的危害而已。"

"Paul之前也说过你的生意一定不会差，但我没想到竟然会发展得这么快。"林辛看着大堂里的人们说，"我上次见你的时候这里几乎都是空的。"

Nina对自己的事业显然充满了解说的热情："对健康的投资

是生活质量提升之后的必然结果。我记得20世纪80年代时你们这里的中年人以大腹便便为荣，有人甚至还会用一些中药进行过量滋补来'做'出'将军肚'。现在你也看到了，大家都像疯了一样地往健身房跑。其实这个过程美国也发生过，看看早期资本家的照片你就知道了，没几个瘦的。同样的过程也会发生在精神领域，只是时间问题而已。中国有句话叫'饱暖思淫欲'，你现在看到的就是'思淫欲'的结果。"

"这不是瞎折腾吗？"林辛一边和Nina往电梯走，一边观察旁边长条沙发上的一位年轻女性。从跑进耳朵里的只言片语，林辛知道她正在向相谈师抱怨父母逼婚的事情。觉得自己刚才有些失言，他补充道："我是说一会儿胖一会儿瘦，一会儿吃肉一会儿吃素，为什么没有一个稳定的状态呢？"

"这是不可能的。每个人独立来看都是独一无二的，他们的智力程度与心理状态千差万别，但如果将人群当作一个整体来看就完全不一样了。当人们聚集到一起时会更多地表现出原始的动物要素，行为更趋向于一致。要知道在野外跟随大群体行动，会大大提高生存概率。这种行为模式已经写进了我们的基因中，按照你们的说法——被硬编码①到了大脑里。而大家统一的

---

① 硬编码（hard coding）指直接将参数或者行为逻辑写进源代码中，被硬编码的变量或者逻辑不再具有可变性。

行为，就意味着这个行为导致的变化只会加速演进。只有当这个变化影响到了人们的生活质量时，人们才会掉头往相反的方向前进。整个社会其实是一个很精巧的负反馈系统。在这种系统里，只会存在动态的稳定，变化才是永恒的。"

"一致吗？也并不绝对如此吧？我是说，每个社会总会有清醒的人、愤世嫉俗的人不是吗？"

"当然，但这部分人的影响比你想的要小很多。"Nina把林辛让进电梯，按下了顶层的按钮，"人类从动物中来，或者说人类本身也是一种动物。就拿哺乳动物来说，这个纲已经存在了2亿多年，人类才只有不过20万年的历史。而能使用语言来进行思辨以及指导理性行为也才10万年左右。我们的每一个行为背后都有着海量的决定因素，而这里面'理性'所占的比重少得可怜。如果说我们的全部意识是一块大浮冰，那理性充其量只能算是这块浮冰露出水面的部分。正因为理性是如此的稀少，它才如此宝贵。大多数人在决策的时候很难逃出非理性的作用范畴，毕竟那些都早就编写到基因里了。"

"这也是我觉得人们可悲的原因……"林辛跟着Nina走进她的办公室，这里也可以作为座谈室来使用。

"你还是一点没变。"Nina让林辛在中间一张靠椅上坐好，然后放了一杯水在靠椅旁边的矮桌上。她从档案架上抽出林辛的咨询记录，然后问道："现在还失眠吗？"

林辛在靠椅上找了个舒服的姿势，然后回答道："如果是说在不自觉的情况下不要命的加班的话，没有，但我不确定有没有失眠……"

　　Nina快速地在咨询记录里写了几句，然后抬起头问林辛："你的意思是连自己有没有睡觉都不清楚？"

　　"对。实际上我不记得昨天晚上到今天天亮之前的所有事情……"林辛说到这里想了想，决定不提自己开车撞女朋友的事，"但听梅说我其实是有在外面活动的，甚至还开了车。"

　　"哦？那你不会开车撞人吧？"Nina的表情一点没变，只是很快地又在记录上画了几笔。

　　林辛有些吃惊，但还是保持靠着的姿势说道："不知道呢，你为什么会这样说？"

　　"因为梦游中的人更容易出现暴力的倾向。虽说是半睡半醒，但行动能力其实不差。美国有过梦游的人开车去很远的地方杀掉一个人之后再开车回来继续睡的案例。"

　　"那你认为我是梦游？"

　　"不一定……你失去记忆的这段时间有说过什么吗？"

　　"嗯……和梅说过几句话吧。"

　　"你的家族有梦游史吗？"

　　"没有。"

　　"最近有发生熬夜或者睡前激烈活动之类的事情吗？"

"没有。"

Nina合上记录本，对林辛说："那梦游的概率就很低了。"

看着林辛欲言又止的样子，Nina继续说道："首先梦话是一种睡眠障碍，往往会伴随梦游发生。梦话的对象是在睡眠中存在的，也就是说现实中的人听到别人说梦话可能完全不懂对方的意思，而你说在失去意识的这段时间里和醒着的人有过简短的交流，这就说明你当时说的并不是梦话。如果你女朋友说的没错的话，我只能认为你当时拥有足以应付和别人对话的理智。然后说回到梦游本身，这种事情发生在已经发育完全的成年人身上本来就很少，即便是在这方面的医疗记录很全面的美国也就只有1%~6%，而你又没有家族的梦游史，这个概率就得再打个大折扣。加上你最近也没有做什么会影响睡眠质量的事情，这让你发生梦游的概率变得微乎其微。"

"那……你也说到当时我拥有足以应付对话的理智。你的意思是，人格分裂？"林辛说出最后几个字的时候似乎感觉到自己的嗓子里塞满了沙子。这是他最不愿意得出的结论。

"看来你做过功课。"Nina又把记录打开，"但我需要确认一下，你以前有过什么创伤吗？精神或者身体方面的？"

林辛摇摇头："没有，我的生活很平淡的。要说曾经发生过什么创伤，最严重的也就是高考考得很烂，这种程度的打击应该不至于出现人格分裂吧？"

"一般来说童年时期遭受性侵犯或者严重的家庭暴力更容易导致人格分裂。受害者在心理上产生剥离感，从而将正在发生的暴行和自己分离开，这是一种保护机制。"

"保护？人格分裂已经算是疾病了吧？"林辛说道。

"即使是同时存在几个人格，也不一定会影响到主体的个人生活。我就碰见过这么一个病人，她的主人格是同性恋，但由于庞大的社会压力使得她产生出一个异性恋的第二人格。这个第二人格后来交了一个男朋友，都快要结婚了才让男方发现她同时还有一个女朋友，也就是主人格的女朋友。眼看着这桩婚事要吹才过来我这里寻求帮助。"

"后来呢？"林辛直起了身子，显然对这个事情的结局有了兴趣。

"我尝试用催眠对她进行治疗，首先是尝试和其中比较强势的人格建立信任，然后再由那个人格进行中转，将其他人格和强势人格进行整合。"

"看你的样子当时的治疗是成功了。"林辛重新靠回到躺椅里。

"人格整合确实是完成了，但她的主人格是同性恋，我也只能按照他们的意志以主人格作为基础进行整合。最后她和女朋友在艾姆斯①结婚了。"

林辛又想起些什么，继续问道："这么说来其他的人格和本人的行动能力差不多喽？"

"不不不，岂止行动能力不同。性别不同、年龄不同或者分裂出来的人格属于不同物种都有可能。这完全取决于这个人格被制造出来的目的。从本质上讲，分裂出来的人格是为了在极端条件下保护自己的精神，只要能起到保护作用，制造出来的人格是什么形式其实不重要，甚至出现空想的生物都有可能。"

林辛还想说什么，但想了想还是放弃了，可Nina没放过他那一刹那的犹豫："昨晚你开车差点把梅给撞了，对吧？"

本打算隐瞒的事情被轻易看穿，林辛只得佩服Nina的敏锐。他决定转向另一个问题来岔开话题："我不记得昨晚那几个小时发生的事情，有可能让我想起来吗？"

Nina也不露声色地放过了紧张的林辛，她说："如果你真的没做过那些事情的话是想不起来的。我只是让你，我是说另一个你，如果存在的话，告诉我。"说完她转身从办公桌上拿起一个遥控器，按下一个按键后，房间中的所有布置都消失了。

林辛惊讶了一下，但很快意识到这只是异形投影——通过

---

① 艾姆斯位于美国艾奥瓦州，该州于2009年4月3日宣布同性婚姻合法。

布置在房间角落中的几个投影机，投射出根据房间中的物体轮廓而精心变形过的画面。由于角度的原因，躺椅上的人会觉得房间中的所有物品都消失了[①]。"有意思，这个房间内的物品并不是固定不变的，所以想要做到这种程度的异形投影，可能使用了三维扫描技术来实时更新房间内部的三维模型……"想到这里林辛苦笑着摇摇头，这种时候还想这些干什么？不过林辛看了Nina一眼，然后说道："我希望……"

"我知道，你不希望我询问其他的问题。"Nina笑笑，"要是我喜欢打探客户的隐私，恐怕早就被告到破产了。"

林辛闭上嘴，然后按照Nina的吩咐喝了一口水，挑了一个最舒服的姿势躺下，在深呼吸了几次之后闭上了眼睛。

"现在你站在一片空旷的草原上，天上没有什么云，这个地方你曾经来过……我们就从这里开始这次的旅行……你现在觉得非常放松，你感受着脚下草地的柔软，你在这里放心地漫步……"Nina轻声说道。

作为专业的心理医生，Nina的催眠水准相当高，这得益于多年严格的训练以及和客户小心建立起来的心理层面的信任。现

---

① 类似微软研究院的llumiRoom原型项目，通过使用空间扫描（原型中使用的是Kinect，即XBOX360体感周边外设）来确定房间内部的轮廓，然后再根据轮廓投影出经过形变的画面，从而将整个房间变成一个完整的虚拟环境。

在她那平静如水的声音对林辛来说无异于放松的摇篮曲。这种催眠Nina以前对林辛做过几次，主要是寻找他失眠的原因，但最后得出的结论只是"工作的前瞻性带来的不安定感"。对于这个结果Nina也不能说满意，但在听到这个结论后林辛就再也没有找过Nina，并且很快就离开了Prophetech。为此Nina甚至还给林辛打过几次电话希望能继续跟进一下催眠，但都被林辛婉言谢绝了。

Nina继续引导林辛往意识的深处前进："告诉我现在你在哪儿？"

"一个建筑的遗迹，因为年代久远，这里的残骸几乎和草原融为一体了。我现在在一扇门前面。"

"能描述一下这扇门的细节吗？"

"很普通的铁门，已经锈了，似乎快要垮掉的样子，但门框看起来很新。"

"放松心情，你现在站在这扇门前面，慢慢打开了它……"

"……"林辛的手在用力，他正在自己的心中打开那扇门。

"告诉我你现在在什么地方。"

"一团云彩中，没有边际。都是白色，到处都是白色。"

"很好，现在你觉得很轻，从来没有这样轻过……你现在已经离开云彩，你可以去你想去的任何地方。"

"……"

"现在你来到了目的地，你轻轻降落。告诉我你现在看到了什么？"

"一扇门，很华丽结实的木门，边框是金色的，布满了华丽的纹饰。我看见门缝中隐隐透出光来。"

"放松心情，你现在站在这扇门前面，慢慢打开了它。"

"……"林辛的手在颤抖，似乎打开这扇门需要很大的力气。

"能打开这扇门吗？"Nina看着林辛的样子，觉得有些不对劲。

"门栓好像有些锈住了……啊，打开了……"

"告诉我你现在在什么地方。"

"我不知道在什么地方，周围都是黑色的雾。这层雾连到天上，天上到处都是闪电。这个地方充满了闪电的味道———一股什么东西被烧煳了的气味。我在这里行走，看着闪电在我身边落下，身边的土地一块接一块地被烧焦。我觉得这些闪电不会击中我，它们似乎更喜欢我前面不远处的一个东西。"

"你看到的那个东西是什么？"

"一扇门，很厚重，应该是石头做的。"

"能描述一下门的细节吗？"

"上面没有什么装饰，但看来已经很久没有打开过了。这扇门似乎和天一样高，和地一样宽，我看不到边际，我能确定这是一扇门，因为我就站在门缝前面。"

"你可以试试推开门。"Nina觉得这个暗示可能会没什么结果。和天地一样大的门还是她第一次听说，即使是在梦中，这个想象也很夸张。大部分人在梦中见到的景象也仅仅是生活中元素的排列组合。

"……"林辛咬咬牙，似乎在很努力地推那两扇没有边际的门。汗珠慢慢从他的头上渗出来……

"啊！"林辛小声惊呼了一下，睁开了眼睛。

林辛看到Nina也睁大了眼睛看着自己，似乎不敢相信她看到的事情。

看到Nina的表情林辛就知道不是什么好结果，他赶紧问道："怎么了？"

"你不应该醒来的，我是说从催眠阶段回来。我的暗示应该没什么问题，你应该就快从Alpha阶段①往下一个阶段潜入了，但不知道怎么回事你突然被踢出了催眠状态。"

"我也听说没有催眠者的暗示被催眠者是不可能醒过来的。有什么可能的原因吗？"林辛偷偷掐了一下自己的腿，确认

———————
① 脑波频率在7.5~14 Hz的状态，此状态中的大脑几乎不进行理性思维，仅靠直觉进行思考，并对暗示非常敏感。催眠一般都在Alpha阶段和Theta（3.5~7 Hz）阶段进行。

自己真的醒着。

"在已经被我深度催眠的情况下不太可能出现这种事情，尤其是你之前还被我成功催眠过几次。在Alpha阶段你的大脑已经是高度受暗示操纵了，对给定的提示和设定会作出积极的反应。我甚至可以绕过你的理性，直接设定你所处环境的物理规则。在这种状态下，没有我的指令，你不可能返回到Beta阶段[①]。当然，如果有人在现实中踢翻了你的躺椅，由于半规管的失衡应激反应你也会醒，但你看，这个躺椅很结实。"

林辛从椅子上坐起来，他的脸色现在很难看。有他不知道的事情正在他的大脑中发生，但对此他却无能为力。

"或者……"Nina突然想起了什么，继续说道，"或者有人帮了你一把。"

"有人帮了我一把？你是说那个分裂出来的人格吗？"

"只有这个可能了，向下意识潜入的过程中，我惊醒了另一个人格。这个人格出于某种原因不愿意和我交流，而是选择了睡去；所以你——我是说这个你——只好醒来了。"

林辛看着Nina说："这可能吗？你不是说之前的治疗都是会

---

① 脑波频率在14~24 Hz的状态，即清醒状态。

和其中一个人格建立信任吗？那个人格可能会在被催眠的情况下拒绝与你沟通？"

Nina也摇摇头："不可能。建立信任的过程也是在催眠的过程中，并且催眠状态是对整个大脑而言的，不可能有单独的人格保持清醒。想靠自己的力量从深度催眠状态直接回到清醒状态是不可能的。除非……"

"除非什么？"

"除非那个人格一直都醒着。"

"Nina，你觉得这可能吗？一直醒着的应该是我才对吧。"

"只有这样才能解释刚才发生的事情。在你进入催眠状态时你的另一个人格一直都醒着，在我尝试让你进入更深一层的催眠状态时，无意中让另一个人格获得了身体的控制权。在那个人格控制了你的身体的一瞬间，他决定放弃控制权直接睡去，于是你不得不醒来了。"

"这太不可能了吧！这个人格竟然比我还厉害？"林辛从椅子上跳起来。他觉得现在脑子里像塞满了稻草一样难受，这两天发生的事情实在太让人难以接受了，到目前为止没有一件事情是他能想得通的。

林辛下意识地问了一个问题："Nina，有没有什么药……能抑制这个人格的活动？我……担心自己会不受控制作出一些不好的事情。"

Nina摇了摇头："我还没办法定位你的行为产生的原因，甚至连方向都不甚明确。另外，虽然药理治疗也包含在这里的治疗手段中，但我并不主张使用药物来治疗心理疾病[1]。很多时候药物虽然确实抑制了症状，但却让真实的病因隐藏得更深，让我更难作出准确地诊断。"

　　林辛听到这里就知道这次不会有更多的结果了。他从裤兜里掏出手机快速记下了几句，他有随时记些东西的习惯。"那需要进行一些扫描之类的吗？EEG[2]或者MRI[3]之类的？"林辛一边记一边问Nina。

　　"我记得之前也没看出来有肿瘤之类的问题，你的脑部最

---

[1] 不主张使用药物甚至其他物理化学疗法来治疗心理疾病的观点无论是在学术上还是临床上都有很多支持者。一般来说这些支持者更倾向于使用沟通、诱导之类的方法来找出产生心理疾病症状的真正诱因，进而设计出针对性的治疗措施。

[2] 即electroencephalograph，脑电图，通过超敏感电极来探测脑部发出的生物电变化。EEG可以用于对脑部的器质性病变或者睡眠等方面的疾病进行检查。虽然设备相对比较轻便但也更容易受到环境中电磁波的干扰，所以临床上一般会和其他技术配合使用。

[3] 即nuclear magnetic resonance imaging，核磁共振成像。由于民间一般对"核"字有恐惧心理，所以也被称为磁共振成像（MRI）。该技术通过将人体放置在一定的磁场中，然后用射频脉冲照射人体来激活氢原子（即核磁共振的"核"）使之产生自旋，外部脉冲消失后氢原子返回低能状态并释放出电磁波。由于不同人体组织的含水量不同，所以便能根据氢原子的分布来绘制不同人体组织的立体图像。

近也应该没受过什么伤。就算要做也至少等到我们这样谈过几次之后吧。保险起见，我会让化验室给你做做常规血液分析，看看有没有激素代谢异常什么的。"Nina说完从抽屉里拿出了一个真空采血管，很快从林辛的胳膊上取了一管血。

林辛在抽完血之后起身告辞，Nina叫住了他，然后从手边的墙缝里抽出一张存储卡。

"林辛，这是这次催眠的记录副本，我想你会需要仔细看看。虽然只是一次简短的粗略谈话，但已经让我碰到很多没见过的情况了，我和你一样渴望答案。就这次的内容来看，你在被催眠时看到的风景里充满了不和谐的要素，而这些要素虽然不显眼却让你在思考时充满了矛盾。至于最后……"

Nina停了一下，对林辛说："你不可能打开你不想打开的门。"

第三章　灵魂对话

梅最后一次和简见面是一个月前，而那次见面的过程并不是十分愉快。虽说两人时不时地会相约出去喝些小酒聊聊天，但绝大部分情况下都是抱怨一下愚蠢的老板和客户（Paul肯定不愿意听见她们聊天的内容），然后在喝到半醉之后互相扶着出门打车回家。这一次却是简喝到烂醉，逼得梅不得不把简送回家。这番结局在简没有像往常一样大大咧咧坐到吧台前的时候开始梅就已经猜到了几分。

"你有心事。"两人在一个小包间里坐定，梅点了常喝的葡萄酒之后对简说道。

两人中间放着刚端上来的一盘烤杏仁，这是简的最爱。今天简安静得吓人，面对着眼前的杏仁也似乎完全没看见，只是盯着空气发呆。

"阿简，你这样怪吓人的，到底怎么了？"

"梅，你家里对你和林辛的婚事是怎么看的？"简过了好半天才回答，且声音小得厉害。要不是指明了是对梅说的，还以为她是在自言自语。

"诶？"梅显然没有想到简的第一句话竟然是丢给自己的一个问题，且还是关于婚事的，"呃……能怎么看，就那样呗。林辛忙成那副德性，我爸妈也都知道，所以也就没多问。"

"唉，真好……"简没有看着梅，还是继续死盯着空气。这时酒已经端上来了，简一把抓起面前的酒杯，一仰脖子把里面的酒一饮而尽。

"喂……"梅被简这像喝药一样的架势吓了一跳，起身想拉简的胳膊，但被她拨开了。简抄起旁边冰块里的酒瓶又给自己满上。

这次简没有急着喝，而是拿起酒杯晃了晃，她盯着那淡淡的反光又问道："你会对你最爱的人说'我恨你'吗？"

"一般不会说吧，玩笑的话应该还行。你跟家里吵架了？"

"嗯……"简又一口喝完一杯，然后又满上。两次举杯似乎耗尽了她的心力，她用手托着头，呆呆地盯着杯子里晃动的光。"阿梅，你有没有想过，父母的爱也可能是自私的？"

"怎么会呢？父母对孩子是毫无保留的啊。"

"毫无保留？打着爱的旗号，却强迫别人做不愿意做的事情，这还能是爱吗？"

"……"梅一时不知道该如何回答这个问题。虽说她隐隐觉得听过类似的论调，但这时就是无法想起更多的东西。

简毫不在意梅脸上的犹豫，继续自顾自地说着，似乎这些话已经在她脑子里装了很久了，"我和你小时候都是家里管得很严的，父母和学校占用了我们几乎全部的时间。除了睡觉时候做的梦之外，我们的一切行动都在他们的表格里被规划好了。多亏了他们，我们才没有'输在起跑线'上。

"但真有'起跑线'这么个东西吗？仔细想来，所谓的'起跑线'，所谓的'跑道'，不也只是前人们已经走过的路吗？从那个'起跑线'出发，沿着那个'跑道'前进下去，结局不就是注定了的吗？这不就是林辛常说的M什么A吗①？他不是总笑着说那些微创新之所以不能算创新，是因为它们本质里的机制都是相同的，必然会出现相同的结果。但人生不是游戏啊！我们所谓的'教育'，竟然只是让人去活别人活过的人生。这不是太悲哀了吗？"

---

① 这里简提到的是MDA（mechanics-dynamics-aesthetics），是一套游戏设计理论。讲究"机制（M）""动态（D）"和"美感（A）"三者之间的联系。机制决定了玩家在系统内活动的动态，而动态则决定了最后玩家心中涌现出来的美感。理论上讲两个游戏即便外观完全不同，只要机制相同，最后涌现出来的美感就是相同的。

简似乎说到兴头上了，又拿起杯子一口喝完。梅已经不打算阻止她了，她们聊天一般都是些"八卦"，现在简一下子说起这么沉重的话题，这种时候梅能做的，就是安静地听。

　　"就算没有输在起跑线上，那又能怎样？我们已经在规划好的跑道上被戴上眼罩和嚼子狂奔了快三十年，早就不会在其他地方走路了。在狭窄的跑道上，你终究会发现，你跑得再快也总有比你跑得更快的。在追求'胜利'的过程中，这种折磨每分每秒都在发生，而更可怜的是，这种折磨从我们被带上嚼子的那一刻开始就已经注定了。

　　"如果说这种'爱'是为了我们好，因为我们那时候年纪小，还不知道如何规划自己的人生，那还可以理解，那么现在我们都长大了，总能自己决定自己的道路了吧。没想到他们还是不满足，还是希望让我们继续沿着他们画好的跑道跑下去。这是'爱'吗？这是'监禁'还差不多。只不过这个牢笼不是小小的方格，而是长长的跑道。

　　"只有像林辛那种人，才能因为出众的能力挣脱跑道地束缚走自己的路。这种人毕竟是太少了，少到你我加在一起也只能碰见一个。

　　"我并不想这样像个人偶一般走完一生，但我很清楚我的能力能到什么程度……难道，难道像我这样的弱者，就真的只能戴着嚼子活一辈子吗……？"

说到这里简哽咽了，眼泪开始止不住往外涌，不管怎么擦都没用。梅吓坏了，赶紧站起来跑到简身边坐下，紧紧抱着她。但这似乎没什么效果，好像在梅的手臂之内，已经有另一双手牢牢掐住了简的脖子，让她喘不过气来。

　　"爱情不就是应该两相情愿吗？为什么还非要让其他人高兴不可？我知道他们是为我好，但为什么要逼我做我不愿意的事情？我几乎不认识那个人啊！说什么门当户对，不是应该由我自己来判断吗？"简在梅的臂弯里哽咽着，"她对我下了最后通牒呀，最后通牒！你知道吗？说什么断绝母女关系，我是她唯一的女儿呀，她竟然打算卖掉我，为什么？"

　　梅已经完全知道是怎么回事了，但她却完全不知道该如何安慰自己的好友。虽说如今大龄女青年被家里逼着结婚不算稀奇，但这种事情梅即使是在想象中也从没遇到过。之前听说人们有可能在梦中看到即将发生在自己身上的事情，现在她真希望自己曾经做过这种梦。哭出来的简现在似乎是彻底打开了话匣子，开始毫无头绪地说各种事情。自己还算年轻啊，什么妈妈觉得对方家里条件挺好，这种机会不会再有啊，自己正在努力学法律，不想只停留在一个助理的层次上啊，等工资再高一点真想出门好好玩一玩啊，等等等等。每说到一个话题就灌下去半瓶酒，这速度把梅吓得够呛。她也就陪着喝了一点点，但一直控制在让自己清醒的程度内，她希望自己把简送回家。虽说如果打电话求助林辛的话他肯定会过来帮忙，但梅不希望让林辛看见自己的好友这般失态。

大约半夜时分简终于筋疲力尽，连杯子也举不动了，梅赶紧结账并叫服务生帮着拦了一辆出租车。一个小时后梅总算把简安置在了她自己的床上。在帮简盖好被子之后梅准备离开，这时简拉住了她："阿梅，幸福是什么？"

梅在床边拉着简的手："我不知道，但我知道世界上的每个人都在找它。"

"好难找是吧？"

"如果更容易一些，我们就不会这么痛苦了吧。"梅把简的手放回到被子里。

简点点头，闭上了眼睛。在确认好友能睡个安稳觉之后，梅倒了一杯水放在她的床边，然后离开了简的家。

第二天简在宿醉的头痛中起来，就在她准备下床的时候忽然听到旁边有个男人对她说："爱是自私的，但幸福不是。我们谈谈吧。"简差点吓得摔到地板上，自己家除了梅之外不会再有人可以进来。她回头盯着床看了半天也没看出来有其他人的痕迹，反复检查过门窗之后也没发现什么可疑的迹象。

"可能是喝太多了……"简叹了口气，无奈之下只好上班去了。

她最近手上事情不少。军方在不停接触Prophetech，虽然

Paul对于核心技术的军事化使用一直持强硬的拒绝态度，但来自股东大会的压力却又迫使Paul不得不对这些技术的商用价值进行更多的挖掘。虽然这才是林辛和Paul的本意，但2C①的利润和稳定性始终很难和军方订单相比也是不争的事实。偏偏军方的人在这方面的嗅觉也很敏锐，他们会在自己能控制的领域伪装成普通的民营公司来寻求和Prophetech的合作，可以说是为了能刺探到核心资料不择手段了，所以最后演变成了Paul必须面对数不清的商业提案却不敢答复任何一个的情形。为了让这些商业提案最终有机会转化成实际利润，简需要协助Paul对提案方作背景调查，而这种活儿不可能像掏下水道一样什么东西都能挖出来，尤其是对方的资本构成很复杂的时候。为了能让Paul在股东大会上不至于被围攻，简只好加班加点。

在连续工作了十二小时之后，简拖着疲惫的身体回到家中。简单梳洗之后她抱着笔记本钻进了被窝。她希望在网络上搜集一些提案方的基本信息为明天的工作做个起码的准备。她打开IM发现Paul还在线上，应该还坐在办公室里熬夜，看来临近股东大会让Paul如坐针毡。简可以想象技术出身的Paul面对合作模式文档和各种报表时候的可怜样子。她苦笑了一下决定不打搅可怜

---

① 指B2C（business-to-consumer），即零售。

的Paul，转而打开了浏览器准备开工，但可能是因为实在太累，加上头一天晚上也把自己折腾得筋疲力尽，接下来她就睡着了。

当她醒过来之后发现其实没过多长时间，甚至只算是短时间的失神而已，但看来今晚不适合通宵干活，得赶紧睡觉才好。正当她打算收工的时候又听到了早上那个男人的声音："我们谈谈吧。"

简这回好歹没有从床上弹起来，但等了好半天那个男人又没有说话了。简觉得听到男人的声音的时候自己似乎有醉酒的感觉，没有完全失去意识，但却又觉得和现实世界有足够明显的剥离感。

过了一会儿她试探性地问了一句："是你在叫我吗？"

这次她很快就听到了答复："我是剑，你唤醒了我。我就在你的身体里面，不用担心会有人伤害你。我在你的潜意识里等待被唤醒，当你需要我的时候，我就会在这里。"

这声音听起来毫无疑问是个男孩子，但简觉得这个声音虽然陌生但又有些熟悉，仔细琢磨了一会儿之后她确定那其实是自己的声音。喜欢看日本动画的林辛总是对日本的声优津津乐道，说他们能如何随心所欲地变化自己的声线。简今天才算是知道了自己也能做到，也许每个人都能，只要有意识或者无意识地变化发声的方式和力道就行。如果再注意一下遣词造句的方式，绝对能发出听起来是另一个人的声音。

这样的聊天恐怕是自己体验过的最奇特的事情吧。简一时不知道该怎么办，只好顺着现在的形势走下去，她对这位看不见的剑说了一句话："我疯了吗？人格分裂了？"

"不。我很清楚你的脑子里发生了什么，你的人格很正常。我是你的大脑里诞生的另一个完整的人，并不是你意识的一部分。我是自然诞生的，只不过不是来自子宫，而是来自你的大脑。由于一些我不清楚的原因，我和你能共享一些语言方面的记忆，也就是说我们中的一个人说过的话，另一个人会认为是他（她）说的，这个共享的记忆不能保存很久的对话，但用来交谈是足够的。"

简对这个回复咀嚼了半天，虽然不是那么明白，但有一点是肯定的，这个剑没有恶意，而她并不讨厌和这个剑交谈，甚至她正在慢慢习惯这样的聊天方式，也在慢慢习惯和另一个自己的声音对话。于是这段形式上有些奇怪的谈话就这样继续进行下去了。

简："你诞生……这么说有些怪……你出现多久了？"

剑："昨天晚上，你醉得不省人事。我看着你，准确地说，是听着你的意识在痛苦地徘徊，你对幸福和爱的纠结让人心痛。我能帮助你，所以我决定开口和你谈谈。"

"帮我？怎么帮？"

"我知道如何回答现在困扰你的问题，好像我的存在就是为了回答这些问题一样。你不妨问一个现在正在让你难过的问题，听听我怎么回答。"

"那就说说'爱是自私的，但幸福不是'。"

剑很快就回复了："我们都需要爱，爱作为一种行为，意味着给予自己和他人保护。我们的生存需要爱，但爱是狭隘的、自私的。

"父母之爱，只是基因自私论的绝佳体现。我们都希望将自己的基因传递下去，无论会牺牲其他什么东西。父母为了保护自己的孩子什么都做得出来，哪怕牺牲别人的孩子，也是缘于此。法律之爱，只是为了保证大家都能获得尽可能平等的生存机会，让拥有力量与权利的个体不至于无限制地掠夺其他个体的资源。福利之爱，只是为了让弱势群体能依靠体制继续存在下去，说白了这些机制也是为了尽可能传递种群的基因。这些爱的存在，都是为了让人类作为一个整体延续下去，是人类作为一个整体的生存需要。如果你将这个爱的范围扩大到人类之外，你会发现人类为了保护自己已经侵占了太多原本属于其他物种的生存资源。我们口口声声说为了爱、为了我们的下一代，却无视我们手中已经沾染上的洗不尽的污秽。幸福和爱不同，幸福只是一种感受，一种精神上的状态，感受本身不可能作用于其他东西，所以谈不上自私与否。"

这段话虽然让简觉得有些不好接受，但却一时想不出该如何回答，甚至她觉得这种论调虽然极端却也不无道理。无奈之下她只好用一个更具体的问题来问剑："如果，我母亲总是用各种手段逼迫我结婚，你觉得这是爱吗？"

剑的回复十分冷酷："很遗憾，是的。让子女的后代诞生也是在传递自己的基因。所谓'不求回报'只是因为'子女活着'本身就是回报。为了这种回报父母完全有可能违背孩子的意愿来强迫他们结婚生子。这种传递基因的行为已经烙印在了个体和群体的行为中，失去子女的家长会照顾失去父母的幼子也是本能的行为。因为自己的基因已经无法延续，所以只好退而求其次延续种群的基因。这是自然选择的结果，因为保护后代的行为会大大提高物种存活的概率。几十亿年保护后代的行为已经被写进了我们的基因，这种爱已经是如此的根深蒂固，以至于个体几乎无法摆脱这种爱，甚至会为这种爱摇旗呐喊。你也应该看过不少歌颂爱的艺术作品，相信你也深有体会。"

"不，我们会歌颂爱，是因为我们选择了爱。我们在爱与恨之间选择了爱！"简几乎是本能地开始反驳剑的说法，剑的说法已经碰触到了她对爱的本质的理解，不管怎样，将至高无上的纯洁的爱和低级的本能画上等号还是太过分了。

"是你们'认为'你们选择了爱，但你们所谓的思考，所谓的理性中间又有多少是自由的呢？你在作出'理性'选择的时候实际上有九成都是本能在起作用。"

"但是……大家不都是这样过来的吗？"简觉得在这种魔鬼一样的逻辑面前，自己一直以来对爱的理解就像是鸡蛋一样脆弱。她一直都依赖着爱，但却连爱是从哪儿来的都说不出来。联想到母亲那近乎冷血的逼迫，那天在酒吧对梅的哭诉，还有这些天她在精神上经历的痛苦，她已经觉得这种逻辑占了上风。

"大家都做的事情就是对的吗？"剑显然没有打算让简得到喘息的机会，"人云亦云是群居动物的基本行为准则。在不确定身边环境的安全性的前提下，跟随群体行动是生存率更高的选择。鱼群如此，羊群如此，人群也如此。当人陷入群体中时，原始的本能很快就会接管人的行为。这种本能已经伴随着进化左右了人类几十亿年，怎么可能由几十万年的理性思维所接管。

"你看看马路红灯旁边的人群，就算他们都在等待红灯，只要有一个人往前走出一步，所有人就都会往前走[①]。所谓的舆论，所谓的意见领袖，本质不过如此。人能做到更糟糕的事情，那就是偶像也是可以被操纵被制造的。大部分人类活得是如此可悲，终其一生也说不清自己到底在为什么而活，甚至连自己跟随

---

① 指的是心理学中著名的"镜像行为（mirroring）"。人类能下意识模仿交流对象的行为（比如语言以及肢体动作），通过重复地模仿练习来提高沟通技巧。如果将一个人想象为一台电脑，镜像行为则可以认为是这台电脑的固件程序之一，是完成复杂社会交流的基础。而自闭症（autism）成因的一个假说也跟镜像行为的失控有关。

的偶像的本质也看不清，想要作出决定却总是在最后一刻将责任从自己身上一把推开。将思考的重担交给别人不仅是愚蠢的，更是自私的。

"相信自己的思想，坚持自己的选择，将自由与创造的能量发挥到极致，才是人之所以为人的原因。相比较延续基因，追求真实的自我，才是我愿意付出一切的'圣杯'。因为我相信只有这种追求才是不分你我的，是绝对理性和公平的。即便全世界都是错的，我也能朝着心中的方向前进，这种追求才是我心中的爱。"

这样的观点虽然冷酷但却充满了说不出来的力量。简一直以来都自觉或者不自觉地将绝大部分思考的任务丢给了"意见领袖"，但现在简觉得自己被剑吸引了。虽然他口中的逻辑听来是这么冷酷，但这种冷酷背后则隐隐能看见更大的包容，那包容的光芒让简觉得非常温暖。她已经被剑口中的"圣杯"所吸引，对自信与自立的追求从来没有像现在这一刻这般具体，仿佛这才是一个人真正的脊椎，思想的自立才能让人从地上站起来。

不过在接受剑的观点时，她故意问出了一个问题："这么容易就说动我了，你会不会就是那个'意见领袖'呢？"

"你误解'意见领袖'的概念了。"剑纠正道，"所谓'领袖'指的是'人群'的领导者。我不关心人群，我只关心你。我刚才说那些话的目的都是为了能让你觉得好受一些，这是我存在的目的。如果你愿意，我很乐意做你的'意见参谋'。"

"那我该不该听你这个参谋的意见呢？"

"别把决定的担子丢给我啊，我只是参谋，我的意见和你之间没有弱肉强食的关系①。对你自己的问题，你可以有自己的解答，也可以从别人的想法中提出自己觉得合理的部分然后作出解答。虽然我不会读心术，但我觉得你其实并不需要别人帮你决定，你只是需要有人陪你思考。"剑的口气如开始那般平静，他没指望简接受什么，他只是忠实地提出自己的看法而已。

简没有继续说话，她已经作出了决定。

"你现在是幸福的。"剑对简说道，"虽然我看不见你的脸色，但我知道你正在感受非常具体的快乐。"

"好奇怪……为什么？明明你的回答听来那么……冷漠。"被察觉到心情的变化，简觉得自己有些脸红了。

"应该是因为觉得被释放了吧。意识到自己的烦恼其实只是别人强加过来的欲望，意识到自己所在乎的、所感受的、所痛苦的甚至不是来自自己内心真实的追求，意识到自己其实可以关心更多更大的东西。当关注的领域扩展到足够大的时候，自己身

---

① 乔治·索罗斯（George Soros，著名的货币投机家）曾说过："炒作就像动物世界的森林法则，专门攻击弱者，这种做法往往能够百发百中。"

上所承受的反而变得微不足道了。"

"是啊，之前的纠结似乎都不存在了。当意识到那些关怀只不过是来自本能之后我反而觉得舒畅了许多，但……为什么？你明明否定了我之前对爱的理解。"

"我提供了观察爱的另一个视角，这就是所谓的旁观者清吧，因为我没有什么基因需要传递。有一点我需要你理解，那就是自私的爱也是爱，你不能因为他人的自私就否定了他们的善意。不管怎样，你不能否定能帮助你活下去的事情。"

"能从这个新的角度来观察爱，让我变得更冷静了。"简觉得剑的每一句话都能解决她无法解决的问题。

"很好。那你现在该睡觉了。"

"我不困啊，我想和你再聊一会儿。"

"不，因为你该睡觉了，所以我困了。"剑如实相告。

简琢磨了一下这番话，确实，如果简的身体需要休息，剑自然会知道。于是她听从剑的建议，睡下了。本来想给剑道个晚安，但想了想觉得没有必要，简笑了笑，阖上了眼睛。这一夜她睡得很安稳。

接下来的一段时间简过得很开心，因为无论是多么棘手的问题，剑都能很快作出回答，而他的回答往往角度十分独特并且有见地。简不是一个善于作出判断的人，而剑完美地弥补了这一点，更重要的是他们都很享受在一起讨论问题的感觉。那段时间里连Paul都觉得简办事情洗练了许多，以前Paul对简的决断能力可是颇有微词的。

一个月之后的一天夜里简快要睡着的时候听到了剑的声音："我要走了。"

"走？去哪里？！"简一下坐起来，她都能感觉到自己的声音在发抖。

"我不知道，我能感觉到我正在消失。可能是因为我存在的目的已经达到了，你幸福了，所以我存在的理由就消失了。听着，我的消失正如我的存在一样正常，既然无法避免，那你就应该接受这个事实。"

"我不要！我好不容易才找到了灵魂的归宿！你不要离开我！"简几乎要从被子里跳出来，她对着空气大声叫道。

剑没有答复。

那天晚上简几乎一夜无眠。她每隔一会儿就跟剑说一句话，但剑始终没有回复她。到天亮的时候，简终于哭出来了。

眼看着剑不再说话，自己的生活却不得不继续。简只好简单梳洗了一下，迈着僵硬的步子去公司上班。失去了灵魂伴侣的简已经无法再感受到交流的乐趣了，她甚至觉得和其他人说话都是白费功夫。剑对她的影响已经超出了她的想象，或者说她压根就没有想象过失去剑的情形。

"你看着好吓人，没事儿吧？"Paul经过简的办公桌时吓了一跳。

简抬头看了一眼Paul，但没有说话，只是低下头继续干活。

简在工作方面不是喜欢轻松的类型，她拥有属于职业人的自尊。每天认真工作，休息时间还参加各种培训，种种努力都是希望能让自己作为职业人获得更多的认同，而在这份努力的背后则是私人生活的极端乏味。虽然她也会经常叫梅出去喝喝小酒然后抱怨父母（尤其是母亲）对自己的婚事过于操心，但她所谓的业余生活也只是如此而已了。现在的年轻人在大都市中挣扎求存，能求得一份温饱尚且不易，何况还得操心职业发展。沉重的工作压力、复杂的职场关系，甚至还有每天长时间拥挤的公共交通等等因素交织起来，使得年轻人属于自己的生活时间急剧缩短，社交圈子甚至还不如大学时代。除去工作原因认识到一些人以外，一年到头见不着几个新面孔。在这种情况下还想解决终身大事谈何容易。

梅和林辛能走到现在，除了运气之外更多还在于两人的努力。梅选择了离家更近的一家咨询公司，而林辛本来更有机会在美国成立公司，但他硬是说服了Paul把Prophetech的研发放到中国来做，美国那边只租一个办公室来保持和硅谷的日常联系。

虽说林辛和梅在精神上的契合度不一定就像自己和剑那般高，但"量身定做"这种事情在感情方面从来是可望而不可即的奢求。虽然自己能想象将来有一天会碰见另一个男孩子，也能和他成为彼此灵魂的伴侣，但这种概率让自己胆寒。一想到自己极有可能孤独终老都无法再体会到这一个月之内的幸福，简崩溃了。

梅真好啊，能遇到林辛，而我却再也遇不到剑了。简想到这里眼泪就止不住了，她忍住没哭出声，但不停地颤抖还是让刚回到里间办公室的Paul看到了，于是他赶紧从里面出来看看。简无论如何就是不说为什么，无奈之下Paul只好放了简一天假，并亲自把简送到一辆出租车里。

一路上简如同死尸一样，无论是动作还是脸色。她没有吃东西也没有说话，直到晚上。她爱上了剑，直到剑消失她才明白。虽然剑没有实体，但他的思想是真实存在的。他让简感受到了温暖和庇护，在这地球表面肆意泛滥的思想洪流中，剑给了简最需要的依靠，有如一叶在风暴中颠簸的小舟驶进了安全的港湾。自己二十多年的人生有大半是在洪流中不知所以，即便偶有建树也不知自己真正的目标在何处，而最近的这短短一个月却让她疲惫迷茫的心找到了久违的平静与自信。如今剑消失了，自己却什么都做不了，这样无力的感觉实在是一种煎熬。

剑也许不是消失，也许他只是进入到了我的潜意识。如果我能进入到自己的潜意识里，应该就能再见到他。让我见到他，哪怕多见到一秒也好。这个念头一旦出现就再也挥之不去了，简就像着了魔一样顺着这个思路走下去，直走到楼顶上。现在是午夜，简却发现身边被银色的光芒照得像白天一样。在这冷冷的光芒里，她的影子格外清晰。她转头向天空望去，银色的圆月出现在她的视野中。那完美而清晰的轮廓让简最后的一丝犹豫也彻底消失了。

"阿剑，我现在就去找你了。"简说完，向后倒去。

没有后悔，没有欢乐。常听电影里说人们死前会看见自己的一生像走马灯一样一闪而过。现在她明白了这只是大脑的回放机能。如果所有的回忆同时涌现出来，确实可能让自己在一瞬间看完几十年的影像，就像被闹钟吵醒的一刹那人脑可以瞬间生成一部动作电影一样。现在简只是听到这一个月来和剑的对话，那一句一句的话语就像咒语一样，慢慢打开了简的心房。伴随着剑的声音，简看到了白色的光，她终于来到了她想到的地方。当她左右环顾，却找不到剑的身影，无论她如何竭力呼喊，剑都不在。这个地方空旷得令人窒息。

"阿剑，你真的不在了么？因为我的幸福，你就必须要消失么……"简从来没有这样伤心过，她最后竭尽全力喊出了一声：

"不！"

第四章　食、色性也

　　林辛回到家之后把自己整个埋进沙发里，他闭上眼睛开始
思索目前的局面。自己体内存在另一个人格的事情，他依然觉得
难以接受。和梅一起看的监控录像却由不得他作出另一个解释。
自己差点杀了梅，这个事实让他觉得后背发冷，既然那个人格具
有这样的攻击性，天知道自己还会作出什么来。

　　他对着天花板举起自己的双手，这双手现在是如此陌生，
仿佛从来就没有属于过自己。昨晚正是这双手握着方向盘向梅猛
冲过去。一想到自己的身体并不完全属于自己，林辛就觉得不寒
而栗。按照需求层次理论①，林辛本来应该算是在自我实现这个

----

① 　由美国犹太裔心理学家亚伯拉罕·马斯洛（Abraham Maslow）提出，是目前
　　被广泛接受的心理学模型之一。他认为人的需求分为六个层次，即生理需
　　求、安全需求、社交需求、尊重需求、自我实现需求和超自我实现需求。

层次奋斗的社会精英，但仅仅过了一个晚上他就仿佛跌到了谷底，甚至连生理需求这个层次都达不到了。自己的身体都不一定属于自己，还谈什么生存？这种感觉其实不比刚知道自己患了绝症好多少，甚至更糟。就算患了绝症，自己还是自己，但身体被另一个人格控制就跟自己死亡了差不多。如果按照这个逻辑想下去，自己昨天已经死过几个小时了。

绝对的冷静是林辛最为自豪的一点。他从来不会过多使用主观的角度甚至只依靠经验来分析自己的项目，而是竭尽所能对项目中的一切要素进行分析，然后让自己站在各个主要需求方的角度来考虑得失。这种工作方法再加上异常广阔的视野使得他在职业领域无往不利。现在他觉得自己无助得像个幼儿一般，这种无力感让他喘不过气来。

就算想要分析另一个人格，也不知道该如何入手，毕竟人家跟自己共用一个脑袋……这就跟谈判一样，如果对方会读心术自己根本没得玩。那个人甚至能在我失去意识的时候开车去S小区……林辛想到这里突然坐了起来，他觉得自己手上好像抓到了一根救命稻草。他赶紧拨通了梅的手机。

"梅，昨天我有找你问过简的地址对吧？"

"对呀，我还说你怎么可能不知道，明明来过好几次……"梅还没说上两句林辛就挂断了电话，他不是很喜欢听梅唠叨。

这就对了，另一个人格并没有和我共享同一个知识库，起码就这个地址来说是这样的。"看来我手上还有张好牌。"林辛说道，然后他马上动身前往Prophetech。他心里已经有了应对方法，但依然有几件事情需要确认。

"Paul，我需要你准备好我的实验室，另外帮我搬一套MEG-II的原型进去。实验室的安全级别设置为Lv5。我还有大约40分钟到公司，你一定要在我到之前准备好。"林辛一边在路上疾驰一边联系Paul。现在天色已经转暗，他不知道自己会不会突然失去意识，所以在准备条件完成之前只能用最快的速度来办事。

林辛从停车场一路狂奔到了Prophetech的顶楼，Paul已经等着他了。虽然林辛目前只保留了一个董事的席位，但这里依然保存着他工作时候的所有资料，甚至连办公室也原封不动保留着。Paul看着林辛从电梯里冲出来之后也没有多问，直接塞给他一个信封，这是Lv5的门禁密码，封口是一次性的，一旦打开就不可能还原。在Prophetech的安全规定中Lv5是最高等级，这个等级涉及的门禁除了跟前4级一样需要刷卡之外还需要输入针对个人制定的密码才能开门，而这个密码只有本人才能知道。另外Lv5的门锁全都是双向的，也就是说如果把自己反锁在里面但是忘了密码，就只能等待管理中心救援了。

林辛拿过信封之后用百米跑的速度冲进实验室里锁上门。他打开信封记下密码之后就把纸条烧了。现在他心中设想的准备条件已经完成了一半。接下来的一半就需要费些心力了，且需要动用他和Paul之前封存的设备。

MEG-II型是区域脑磁图扫描设备的商用版本。除了包含I型中的全部功能外，还能通过在一个固定的区域内架设若干传感器来扫描区域内的人脑，主要的目标用户是各种大型卖场。II型的功能相比较I型并不算革新，只是对传感器进行了升级，也针对升级之后剧增的数据流量对数据接口进行了扩展，但II型技术上真正的难点在于对环境中电磁波噪声的去除算法。林辛离开之前的一段时间正是在和Paul做这个算法的研究，对外则宣称这个研究随着林辛的离开而告一段落，但其实这个算法已经接近完成。相比较只能对间脑部分的脑波进行粗略采样的随身设备BUD来说，MEG-II的采样频率更广而且精度也更高。林辛曾经说过这个技术"离侵犯隐私只差一层窗户纸"，但他现在正是要利用这套设备来完成自己心中的另一个准备条件。

他从插槽中取出4个传感器放置在实验室天花板的四个角落里，并仔细调整了一下角度确保实验室的空间能被完全扫描到。然后他打开了原型机的初始化开关，4个传感器开始自行对角度进行微调。

设备的初始化需要对探测范围内的电磁波进行大约1个小时的监测以完成噪声的模式分析。林辛则利用这1个小时给自己的手表做了一个小手术。他将一个超小型Wi-Fi模块安装到了手表的机芯里，由手表的按钮激活，一旦按钮被按下就会有网络请求发出。接下来他在实验室内部的服务器上打开了一个监听端口，这个端口会监听来自手表的网络请求并进行记录。考虑到误操作的可能性他还设置了一个按动按钮的规则："长长短短长长①"，虽然操作有些繁琐，但在如今的情况下他不能冒险。最后他在自己的手表上设置了一个10分钟的循环提醒。在设置完手表的同时MEG-II型设备提示初始化完成。现在能做的准备工作已经全部做完了。林辛长舒一口气之后对自己说道："剩下的就看能不能抓到你了。"

梅待在简的家里既不敢出门也不敢叫外卖，但到了晚上8点左右她实在饿得受不了，只好打开冰箱打算弄点吃的。这时候梅的手机响了。

"林辛？你在哪儿？"梅一听到林辛的声音赶紧问道。

"我把自己锁在公司实验室里了，如果我的判断没错的话，'另一个我'是不可能从这里出去的。等我确认了这一点之后你就安全了。"林辛在电话里说道，"但在这之前你不要随便出门。"

"嗯，我正准备在简家里弄点吃的。她这里存货够吃一个

---

① 即莫尔斯电码"——— · · — —"。

礼拜的了，就是品种比较单调。"

"我觉得应该花不了那么久，但我现在需要你跟我聊天。"

"好呀，聊什么呢？"

"聊昨天晚上的事情，越详细越好。"

"啊……"梅显然觉得把昨晚的事情当聊天题材是个糟糕的主意。

林辛继续解释道："我知道你不愿意再回想起昨晚的经历，但我正在对自己做一个实验，我需要你的帮助。你就尽可能地跟我详细描述昨晚的经历，越详细越好。"

"……好吧。"既然知道是实验，梅也就答应了。

电话里的聊天氛围刚开始有些怪异，两个人都觉得自己像盒子里的小白鼠一样浑身不自在。随着话题展开，这个聊天也越来越自然。

"什么？你还得每隔十分钟按一下手表？这也太搞笑了吧？"

"别笑，我这可是在正儿八经做实验。当小白鼠的感觉是很糟糕的，你可别害我忘了按按钮。"

"话说昨天你朝我撞过来那一下我真的没有怪你哦，不过躲开之后突然觉得好委屈是真的，我差点哭出来了呢。"

"喂喂，按照目前的情况来看，该觉得委屈的应该是我才对吧。我可是把自己锁在实验室里啊，还把密码给烧掉了。要是我不小心忘记了密码可就麻烦大了，回头又得欠Paul一个大人情让他放我出来。"

"那我现在不一样是把自己关起来不敢出门……还不都是你害的！"

"……"电话那边突然没有回音。

"林辛？"梅听到那边突然没反应了之后下意识问了一句，但很快觉得不对劲了，"林辛？！林辛！！"

林辛的身体现在不属于他了，而这个身体径直走到实验室门口盯着门锁发呆。可能是嫌手机里梅的声音很吵，他挂断了电话。

林辛恢复意识是第二天清晨。他被手表的定时提醒叫醒之后还是按照之前的约定按下了手表的按钮。然后他登录实验室的服务器开始查看目前采集到的数据。首先是门禁记录和手表的操作记录，正如他所料，门禁记录里有2次错误的输入，而林辛并不记得自己有尝试过开门。

这就证明了两件事：从昨晚到现在的这段时间里，另一个人格控制过林辛的身体并尝试开门出去，而这个人格不知道门禁的密码，即使林辛已经把这个密码牢记在心里。按照这个逻辑，林辛在手表上设置的暗号也只有他自己知道。手表的操作记录印证了这个推论。从昨晚8点20分一直到刚才醒过来，服务器上没有任何记录。

思想的隔离是各种战术能达成的前提。林辛现在甚至能感觉到一丝激动。接下来需要看的自然就是MEG-II设备的数据记录。林辛深吸一口气，对服务器上的数据进行可视化操作。在Beta波的视图上，林辛的脑波一直都非常平稳，昨晚8点前后那段时间也看不出有明显的异常。这一点让林辛十分意外，他的设想是另一个人格的Beta波模式会和自己的Beta波有较大的差别才对。按照他之前的研究，同一个人的脑波会有一个"变化基线"，也就说另一个人格的基线应该会和自己有明显的区别才对。

　　林辛仔细盯着屏幕上的曲线，在琢磨了许久之后还是无法得出什么有用的结论。无奈之下林辛只好切换到Alpha波的数据，这个数据在之前的实用场景中并没有什么价值（按照一个人的梦境进行商业需求分析，这个想法如果在董事大会上说出来恐怕会被骂个狗血淋头）。Paul之所以也对这个波段的数据进行采集纯粹只是出自技术人员的美学而已，即便如此也没少和林辛吵架，林辛总是强调"只搜集必要的数据，没必要为了搜集而搜集"。让Paul得以顺利继续采集的原因也在林辛身上，因为在Alpha波数据采集到了之后，林辛也为了完成脑波分析的算法对这些数据进行了研究。Paul也因此找到了反击林辛的说法："我是为了搜集而搜集，你是为了分析而分析，你还真是立场坚定啊。"林辛被这个反击轰得哑口无言，只好默认了Paul的做法。

　　林辛现在面对的数据差点让他从椅子里跳起来，除了睡梦中正常的Alpha波数据之外，昨晚8点13分的Alpha波数据已经超出了传感器所能探测的范围，曲线图上的线条直冲云霄，从来没有过这种现象。在目前所有参与过Prophetech项目的接近1 000名志愿者中，从来没有出现过Alpha波超出传感器量程的情况。刚开始做过滤算法的时候Paul还抱怨需要检测的脑波强度甚至比不上环境中的电磁噪声强度。现在应该可以断定正是在这个Alpha波的激变发生之后另一个人格接管了林辛的身体。只是知道这些是不够的，林辛需要知道触发这个现象的原因，不然根本就于事无补。无法明确知晓触发条件，就相当于"另一个人格取得身体的控制权"这个现象依然是随机发生的，这样根本无法保护任何人。最差的情况是根本无法阻止另一个人格获得身体的控制权，但至少也得知道触发的原因，这样才能提前采取必要的防范措施。

　　"我才不会把自己关一辈子呢。"林辛活动了一下僵硬的脖子，开始对屏幕上的曲线做进一步的分析。一个多小时之后，尽管林辛把能想到的回归①方法都试了个遍，可屏幕上的Alpha波数据在经历了长时间的"严刑拷打"之后依然是混沌状态。在激变数据出现的前后共两个小时的范围内，所有的算法都无法对

---

① 回归分析（regression analysis）一般用来分析两个或者多个变量之间的相关度。

这段曲线进行拟合。唯一能确定的只是那峰值高得离谱，也就是说，即便是在目前的测量精度内，这段突破天际的曲线内部也是一串随机值。这一点让林辛几乎绝望，为了完善MEG-II的噪声过滤算法，他自认为已经穷尽了脑波变化所有的可能性。他对眼前的现象无能为力，造物主现在就化身为五颜六色的线条，在屏幕里嘲笑着林辛的无知。

这时他的手机响了，是Nina。

"林辛，我仔细看了一下你的催眠记录。在我打算带你进入潜意识层次的时候另一个人格所展现出来的防御能力已经远远超出一般常识了，也就是说他控制身体的能力可能在你之上。考虑到你的血液检测结果十分正常，这种防御能力和一般的DID已经是两个层次的表现了，我不得不怀疑你的另一个人格并不是一个为了迎合精神需要而诞生出来的心理产物，而是拥有完整生存能力的另一个人。我觉得……不，我担心这个人格再继续发展下去很可能会占领你的身体。"

如果是这样的话那他已经能做到了。林辛在心里苦笑一下，但没有吱声。

Nina可能觉得林辛的沉默是因为担心，于是继续说道："希望你不要觉得我是在吓唬你，但我建议你考虑一下接受药物治疗。"

"……没听说哪种镇静剂能单独抑制某一个人格的活动。

那怎么保证在抑制他的时候不会抑制我的活动呢？我觉得就算能抑制另一个人格的活动也只是治标不治本，如果他真的拥有了完整的人性，那么求生的本能一定会非常强，很可能为了保护自己不择手段。何况他还有能力阻止你的催眠，这一点就连我自己都不能做到，搞不好我被抑制了他还没事呢。"林辛很冷静地拒绝了，但Nina刚才提到的药物也给了他一些启发。于是他问道："Nina，如果我的Alpha波突然暴涨，可能是什么原因？"

"你嗑药了？"Nina在电话另一头显然吓了一跳。

"不不……也没什么。"林辛赶紧否定，但还是继续问道，"我只是想问问Alpha波的变化和人格分裂之类的精神疾病有没有什么关联。"

"嗯……要说关联还是有的。只不过你这个问法我是第一次听到而已。"Nina说道，"所谓脑波，无非就是大脑内生物电流产生的信号。使用毒品会刺激大脑内多巴胺的分泌，而这种化学物质会刺激大脑，使得神经元之间的信号传递变得更加活跃，也就是兴奋。实际上也有不少学说认为精神分裂之类的疾病和多巴胺分泌紊乱有关。"

林辛突然意识到了什么，赶紧问道："除了毒品之外，还有什么能刺激多巴胺的分泌吗？"

"多巴胺也被称为'幸福物质'，吸烟、吸毒之类的成瘾行为会促进多巴胺的分泌。不过爱情也能够有同样的效果，所以说'爱情是毒品'这句话其实是有科学依据的。"

这句话正是林辛刚才在心中想的事情，失去意识的时间正是他和梅通电话的时候。

"爱情是毒品吗？谢谢你Nina，我会再联系你的！"说完林辛挂断了电话。

如果是爱情这种原因的话倒也不是完全没有规律可循。"食、色性也。①"如果正如古人所说的那样，那这种类型的行为会比较容易在数据层面上看出模式。这种来自本能的需求正是Prophetech商业模式的基础。

林辛拨通了Paul的电话："Paul，公司的大数据服务器里历史数据应该一直保留着吧。"

电话里的Paul应该是头天晚上熬夜的关系现在满是疲惫地说"当然，不但没有删除，你走了之后我们还在一直对服务器的并发和容量进行强化。要不是你一直拦着不让对这些服务器进行商业化使用，亚马逊早就哭天抢地了②。"

林辛现在没打算顺着Paul的话说下去，而是说"我需要服务

---

① 语出《孟子·告子上》中："食、色性也。仁，内也，非外也。义，外也，非内也"。

② 这里是指亚马逊的S3（Simple Storage Service）数据服务。亚马逊的服务器除了支持集团自身的数据服务外，也对外承接托管数据的服务，如今的很多网络服务（比如Dropbox）的数据层都是基于S3的。

器的最高管理权限，我知道这个要求有些为难你，但我事后一定会给你一个满意的解释。"

电话那头的Paul一下子清醒过来了，他短暂地犹豫了一下，但还是很快给了肯定的答复："我把权限做一下让渡，既然你要的是最高权限，相信你也不希望让我看到你要做的事情，一会儿你就会收到服务器的通知。"

Paul正打算挂电话，但还是觉得漏了些什么，他琢磨了一下之后对林辛说："由于要高速处理多人的情绪互相影响的情况，现在我们的机群在并发能力上远超出一般商用云，你小心一点弄。"

"我会的。"林辛说完挂断了电话。服务器的通知很快就发送过来了，核心机房就布置在顶楼下面几层。

当一个人对另一个人产生爱意的时候，大脑内多巴胺的分泌会变得非常旺盛，从而产生感性上的"兴奋与幸福"。从数据上看则是Alpha波与Beta波纠缠在一起并往一个更高的水平上跃迁的复杂过程。之前林辛只是单独针对其中一个波段进行数据分析，自然没能注意到这个规律。就算能同时观察这两个波段的脑波也无法判断是否就是因为"爱情"造成的变化，所以林辛需要大数据的支持，且分析的速度还不能慢。

林辛和Paul在大数据实验性搜集的时候曾经跟几个国家的

"量化自我"[1]组织有过深度的合作。在签署了严格的保密协议之后，大约1 000名志愿者提供了自己的脑波跟踪数据（由Prophetech提供BUD设备），并允许Prophetech对他们的常用社交网络账户进行跟踪。这份大数据采集计划旨在将用户样本的脑波数据和本人的社交活动关联起来，由此获得脑波与人类活动之间更准确的联系。由于这个大数据样本在用户隐私方面很容易出现问题（一旦公开这个计划，各个合作方一定会拼了命地要求获得这些数据的使用权），林辛一直都主张将大数据计划暂时隔离起来，即便是对董事会也是三缄其口，只是宣称服务器上存储的是设备测试数据。虽然Paul能理解董事会要求利用服务器盈利的用意，但他也从长远考虑认同林辛的担忧；所以一直和林辛一起在使用服务器盈利这件事情上投着反对票。由于两人加起来的权重很高，所以董事会一直也没什么办法。

林辛很快编写好了一段检索脚本，他要检索目前所有的样本在感受到"爱意"那段时间的脑波变化。服务器很快返回了大约60万条数据，每个数据都附带大约20分钟的非压缩脑波数据。

---

[1] 量化自我（quantified self）运动由《连线》杂志的编辑加里·沃尔夫（Gary Wolf）和凯文·凯利（Kevin Kelly，即大家熟知的KK）在2007年发起。主张通过对自己进行数值化的观测来进一步了解自我。KK本人并不算是量化自我的执行者，他在《技术元素》一书里曾说到自己不是自我量化者。

林辛又通过社交关系过滤掉了一些生活状态比较灰暗以及明显处于过度甜蜜爱情生活中的样本数据。他希望尽可能从"平常"的样本中寻找到规律。

这次返回的数据大约有20万条，林辛觉得做模式分析的样本量差不多了，于是他启动了大数据分析中的模式分析服务。20万个样本的计算量对于Prophetech的服务器来说实在是微不足道，模式分析的结果很快就完成了，是一段复合函数。函数描述了在感觉到"爱意"之后20分钟内 Alpha波和Beta波的变化情况，出人意料的是参数里还有"进入稳定关系的时间长度"这一项。林辛看了一下这个参数的取值范围，确认自己在这个范围内，然后他将自己昨晚8点20前后共40分钟的脑波数据导入到模式分析的服务中。结果发现，从8点03分开始的20分钟脑波变化和拟合函数的匹配度超过了99%，几乎完全吻合，而唯一明显的区别仅仅是林辛的脑波峰值明显比其他样本高出几个数量级而已。

林辛嘴角露出一丝笑意："抓到你了。"

第五章　数据化形

　　"你说你抓到撞我的那个人了？"梅在电话里以为自己听错了。

　　"准确地说，是我掌握了他出现的规律。"林辛在电话里差点笑出声来，但一想到自己的身体依然并非完全由自己控制，他又觉得心里一沉。

　　"阿梅，我需要你再帮我做几次实验，我需要验证一下这个规律是否完全正确。"

　　"没问题，但我该怎么帮你？我对这方面一窍不通啊。"

　　"不需要你精通什么，实际上如果我的分析没错，也只有你能帮我做这个实验。"林辛说道，"我会和你随便聊天，你就当是煲电话粥就行。你要牢记一点，如果我突然没有反应或者挂断电话，你一定要果断挂断电话。不要尝试拨打过来，安心等我再次打给你，可能隔几个小时，也可能隔几天。虽然听来很奇怪，但你要相信这都是实验的一部分。"

梅虽然觉得被这样要求煲电话粥有些怪异，他们同居之后自然也就没这个需求了，但还是决定照着林辛的话做。一想到只有自己才能帮到林辛，那怪异的感觉也就无足轻重了。

接下来的几天林辛和梅就这样断断续续说着家常。从抱怨实验室环境单调，忘了把游戏机带进去玩，到不敢到外面逛街只好天天吃冰箱里的储备和简单的外卖……虽然是在做实验，但每次两人都能很快进入煲电话粥的节奏，仿佛回到了大学时代。那时候两人虽然已经开始正式交往，但却隔着整个地球。他们为了节省国际长途的费用几乎把能用的免费语音聊天工具都用了个遍，但即便如此每个月花在聊天上的费用也不是小数目（那时候基于互联网的语音聊天①还只是刚开始在民间推广）。几天电话粥煲下来正如林辛所料，中间他有十多次在聊天的过程中失去意识，至于昏迷的时间长短则没有明显的规律，长则几个小时，短则几分钟。有一点让林辛不得不在意，他失去意识的频率正在提高，也就是说另一个人格越来越容易被唤醒。如果说"抢夺身体的控制权"这个能力也是能锻炼的，那另一个人格的这个技能

① 即voice over internet protocol，一般简写为VoIP或者IP电话。

正在变得熟练起来。

在开始试验的第四天，林辛又一次从失去意识的状态下恢复过来，这次他是坐在电脑桌前醒过来的。让他惊讶的是电脑屏幕上有一行字：

"你很有意思，我想和你谈谈。"

由于不可能有其他人进来，这句话显然是"那个人"留的。林辛对着这句话琢磨了一番，不禁苦笑起来。按照现在掌握的情况，自己和另一个人格不可能同时控制身体，也就是说"谈话"是不可能的。他当然不可能知道简和剑独有的交谈方式，但身为设计师的自尊还是让他开始尝试解决对方提出的这个看来不可能实现的要求。

像那个人格一样，利用屏幕互相留言？那样的交谈效果无法让林辛满意，因为他目前依然假设另一个人格是充满了攻击性的，他需要对那个人格进行更全面的观察，也就是说他更希望能进行面对面的沟通。

在对各种可能的交流形式进行一一比较之后，林辛选择了效果最好但技术难度最高的方案。"既然你没有躯体，我就给你造一副。"林辛作出选择时已经是黄昏时分，但他没有呼叫实验室晚餐（Prophetech的食堂可以做好餐点送到员工指定的办公地点），而是立刻着手对MEG-II型设备进行高级设置。这个功能的存在也是林辛离开Prophetech的直接原因——全脑全幅扫描

（full-brain scan，FBS）。虽然他和Paul在完成了这个功能的原型之后就没有作深入研发，但这个恶魔一样的技术一直让林辛觉得害怕，也从来没有对外公开过。

一般在小区域内设置4个MEG-II传感器就足以进行高精度被动扫描，也就是到目前为止林辛做的事情。这种扫描虽然精度很高，但本质依然是和BUD相同的被动扫描。现在林辛从传感器插槽中取出剩下的4个传感器，也放置在了实验室天花板的四个角落里。FBS和BUD的被动监测不一样，通过对MEG-II中的传感器进行高阶配置，使得系统中同时存在发射端和输入端，是主动扫描技术。

主动式全脑全幅扫描的基本概念其实不难理解，如果假设大脑是一张极其复杂的电路，其中布满导线和元件，如果能对每一个电路节点进行全面的电路测试，那么就可以将整张电路完全复制下来。这里就涉及对脑部传感的逆向使用了，通过加大功率对大脑的固定位置发出一定规律的电磁波，然后再用被动传感器接收大脑各个位置的回波，就可以确定大脑在该位置的电气特性。然后再调整检测位置重复同样的过程，直到对整个大脑完成扫描。由于神经介质能产生的电磁波强度实在太小，所以对传感器的精度要求会非常高。

人的意识实际上是大脑中的电化学反应的结果①。如果能获得大脑电路的全部精确参数，那就相当于获得了一份数字版的大脑克隆品，也就是从精神层面复制了一个人。

FBS存在的问题有三个：

首先是主动扫描对大脑的伤害目前没有明确的实验数据资料，林辛和Paul之前也只对老鼠和兔子做过一小段时间的活体实验，且扫描精度也不足以完全复制大脑。林辛现在的做法相当于拿自己做人体实验。虽然他也犹豫过，但还是希望能尽可能实现当初所设想的谈话场景（当然也不排除想满足自己好奇心的因素，起码他现在找到做这种实验的理由了）。

第二个问题是来自伦理方面——克隆。从基因方面进行生物克隆在国际上的争论一直都没有平息过，虽然在医疗领域的局部克隆接受度比较高，但完全克隆一个人这种"造物"行为却在宗教领域遭到了极大的反对。宗教人士往往主张应该由造物主来进行"造物"，而人类在进步的过程中一而再再而三地将科技的触角探入神祇的领域。对此人类自己似乎也彷徨不已，在突飞猛进的科技面前，人类的精神还没能跟上技术的脚步，就好像一

---

① 弗朗西斯·克里克（Francis Harry Compton Crick），DNA双螺旋结构的发现者之一。他在《惊人的假说》一书中将人的意识描述为"一堆神经元活动的结果"。

个刚学会走路的幼儿手中握着核武器的发射按钮一般。如果世界上存在和自己完全一样的副本，那自己存在的意义又当如何？这种不到一百年前还停留在哲学思辨场合的问题，一下子被技术推到了每个人的面前，而人们普遍都没能做好准备。FBS虽然不涉及基因，但却完全符合 "克隆"这个行为的定义。按照目前研究的结论，只要扫描的精度足够高，就一定能获得大脑的正确克隆。由于FBS最终的成品是一份大脑的数字拷贝，由于数据便于复制的特性，这个克隆行为的潜在危险甚至要高于基因克隆[1]。

第三个问题则是林辛最担心的问题，人格与知识的复制。基因克隆只能打造出基本相同[2]的躯壳，而大脑中具体的思想则是后天形成的。由于个体与环境不断互动，使得大脑中的神经元连接不停地重组与发展，所以即便是基因完全相同，由于生长环境的不可复制性，两个克隆人从人格上也依然是分开的。FBS则跳过了人格形成的过程，直接获得了一份大脑在被扫描时间点上的"镜像"。也就是说FBS最后形成的镜像在人格上完全等同于源个体——只要给出相同的问题，相同的人格一定会给出相同的

---

[1] 基因克隆目前的失败率非常高。克隆羊多利的诞生是276次失败尝试的结果。

[2] 基因克隆的遗传信息来源个体的细胞核DNA，并不包括线粒体DNA，所以并不是100%的复制品。

回答。这样的图景前方最近的一个问题自然就是个人存在感的彻底消亡，这是魔鬼的技术。

林辛并不是热衷于和魔鬼打交道的人。此时此刻，他更关心自己脑中的另一个人究竟是怎样的存在。他在指示MEG-II设备进行最高精度扫描之后，就躺在沙发上不动了，大脑静止不动的话扫描速度更快。虽然已经对这次类似活体实验一般的行动作出了种种预测，但进行主动式全脑扫描的感觉和自己之前预想的完全不同，林辛现在觉得大脑处于高度的亢奋状态，因为探测器在主动激活大脑中的神经元。一些已经被遗忘在记忆角落的影像时不时在自己眼前闪过，但很快就消失了。不知过了多久，林辛终于在亢奋中耗尽了精力，昏死了过去。

一阵刺耳的警报声把林辛从昏睡中惊醒。Paul准备回家的时候发现实验室里整整三天没动静，甚至不曾从食堂点餐。由于林辛的封闭实验室完全与外界隔绝，甚至连摄像头都被林辛关了，Paul无奈之下只好按响了实验室的警报。醒来之后的林辛只觉得头昏脑涨，虽然想翻身从沙发上坐起来，但却使不上力气。又过了好一会儿林辛才飘飘忽忽地走到电脑前关掉了警报。在对讲机里给Paul报了平安之后林辛瞥见了屏幕角落里的日期，他昏睡了整整三天。从屏幕上显示的消息来看，FBS的数据采集完成也就是不到一小时前。之前对动物进行扫描一般也就几个小时就能完成，没想到对人脑的扫描竟然这么漫长。

林辛苦笑了一下之后从食堂叫了一份特大号的猪排全餐，在一顿狂塞之后他终于彻底缓过劲儿来。由于四肢还是有些乏力，他只好放下刀叉，伸手打开实验室的窗户打算看看风景。说是窗户实际上是一面可以调节透明度的玻璃墙。平时一些常用的数据（比如重要芯片的供货价，Paul很关心这些数据，他往往会在价格低廉的时候囤一些货）会显示在墙面上，即便是在透明状态下也是如此。Paul在租下这栋大楼的时候就亲自规划了全部的智能化接口，有些功能在林辛看来都显得夸张了，很多办公用的自动化设备都是Paul直接定做的。现在林辛关闭了所有的显示信息，让这块玻璃彻底成了落地窗。他看着窗外B市的夜景，高耸的楼宇之间穿插着粗细不同的道路，道路上白色的头灯和红色的尾灯拖拽出长长的线条，勾勒出城市的脉动。林辛不禁把这些道路想象成大脑中的树突和突触①，而那些车辆则是在其中穿行的信号。他就这样一动不动地盯着这幅巨大的大脑图景，放任自己的思绪在这图景中飞驰。

过了一会儿他吃下去的大餐开始发挥作用了，在确认自己恢复体能之后，他回到电脑前开始研究自己大脑的镜像数据。在他尝试打开镜像数据时就被吓了一跳，这份镜像数据的文件尺寸

---

① 神经元（neurone）的组成部分。

是天文数字级别的，即便Prophetech的大数据服务器容量已经超出通常商用云服务的级别，这份镜像依然占据了全部服务器存储容量的接近3成。相比较动物的大脑，人脑中的数据量根本就不在一个数量级上。不管怎样，这份镜像如果不进行处理也终究只是普通的数据。就像电路不通电也只不过是一堆导线和元件一样。林辛需要给这个大脑提供"躯体"并激活他。

林辛打算给这个数字版本的大脑提供一个数字版本的躯体，使用的技术就是他投资的一家私人①动画制作公司Vision Revamp研发的"躯体引擎（body engine）"。在数字动画领域，如何创造栩栩如生的动画角色一直都是计算机技术研究的前沿课题。为了更高效地创建更逼真的视觉与互动效果，研究者们在这个领域投入了不计其数的精力，而这些努力的一个代表性的成果就是躯体引擎。

躯体引擎拥有完善的骨骼、肌肉和循环模拟系统，这些系统都由高精度的物理引擎进行驱动。所有的体征都被完全参数化了，方便动画师手动对动画角色进行微调。为了应对大场景中海量群众角色的演出效果，躯体引擎也提供了人工智能接口，开发人员可以通过编写简单的人工智能脚本来让场景中的群众角色自

---

① 私人公司（private company）一般指非上市企业。

己动起来。为了让这些人工智能驱动的角色行动看起来更接近真人，躯体引擎也提供了感官系统的接口，使得这些角色能"看到太阳""感到疼痛""听到音乐""尝到美味""闻到花香"。想要让大脑数据镜像能和感官对应起来，林辛需要一份自己大脑的"地图"，也就是fMRI数据。他拨通Nina的电话让她用数据专线①传过来。

林辛将大脑镜像数据按照其中附带的坐标信息进行3D绘图，根据这个高精度的3D模型和fMRI数据的映射关系他找到了感官。

对应数据区，在仔细分析了镜像中的数据之后，他针对感官编写了数据转换接口，使得数字版本的大脑和躯体引擎能完全对接起来。林辛在写接口的时候还不忘夸赞一下Paul开发的基础代码的质量，简洁高效而且结构清晰，这让林辛在这些代码的基础之上完成如此复杂的任务竟显得举重若轻。林辛的电脑上现在只有一个高清摄像头，当然所谓的"高清"相比较人眼的视觉依然是不够的，并且单个摄像头也无法为这个躯体提供立体视觉。于是林辛把摄像头的数据投影到了环境中的一个矩形平面上，这样就能让数字世界里的躯体看到和听到外面的世界了。林辛看着

---

① Prophetech和主要的合作伙伴之间都架设有光纤数据专线，方便进行高速数据传输。

屏幕里的自己（他照着自己的样子做了一个数字躯体）长吁一口气。他要"激活"这个躯体了。准确地说，是激活这个躯体里的另一个人格。

他从大数据模式分析服务中提取出了之前分离出来的"爱情脑波"，然后强制输入数字大脑中。屏幕上的躯体抖动了一下，睁开了眼睛。躯体引擎检测到了这个变化之后将这个躯体纳入到环境物理引擎的计算范围内，这个躯体现在站立在一片空旷的地面上。他舒展了一下身体，环顾了一下四周之后注意到了空间中的"幕布"。他看到了林辛。

屏幕里的"林辛"和他本人并不相同，首先是站姿有明显的区别，然后是眼神完全不同。这些不同并没有就此打住，屏幕上的躯体开始出现明显的外貌变化。这一点林辛没有料到，他原以为这份大脑的克隆和一个AI（人工智能）程序没什么区别。他显然低估了人脑的复杂度，更何况眼前屏幕里控制这个躯体的人格曾经强行控制过他的身体。很明显这个人格在很短的时间内就彻底控制了躯体引擎，他开始按照自己的意愿修改这个数字身体。

屏幕上的躯体开始变得小巧起来，躯体引擎默认准备的衣服很快就显得大了好多。五官也开始变得更加精致，明显变得更像个女人。与此对应的是这个躯体也开始出现女性的特征，肩部变窄，胸部隆起，腰部变细，臀部变宽，四肢变得纤细，皮肤变得细腻，头发在变长的同时也变得更富有光泽……

林辛看呆了，虽然眼前的这个女人（现在该称呼"他"为"她"了）身上依稀有梅的影子，但她更完美。眉毛的浓淡、眼睛的大小、鼻梁的高度、嘴唇的厚度、下巴的弧度、头发的长短、胸部的尺寸、腰身的弧线……虽然无法直接看出，但从和原始躯体的比例上看林辛可以肯定这个女人的身高也完全是让自己满意的数值。过了一会儿屏幕上的美人儿停止了变化，现在站在林辛眼前的这个女人，是林辛心中完美的女人。

女人睁开了眼睛，她朝着幕布走来。林辛觉得自己的呼吸都停止了。这个女人连仪态也如此完美。林辛仿佛被夺去了魂魄一般死死盯着屏幕，一时间他只觉得自己的脑子里一片空白。

女人观察了林辛一会儿，扑哧笑了出来："能给我换件衣服吗？我好像改不了这个。"她指了指自己身上那件衣服，现在正松松垮垮地套在她身上。

这个声音让林辛又愣了一下，然后他想起来躯体之外的布料是由插件直接生成的数据，躯体引擎本身只负责对服装的物理状态进行渲染但并不能修改服装本身。"哦，哦……好的，马上就换！"他赶紧手忙脚乱地打开服装插件，他甚至都觉得自己的脸有些发热。在服装插件里寻找衣服的时候他终于想到，为什么之前看这个躯体的姿态那么别扭，因为从一开始那就是女人的姿态，直接套在男人的身体上自然别扭。

林辛选了一套自己觉得最好看的衣服，按照自己心中觉得理想的尺寸做了设置之后点了更新按钮。女人身上的衣服终于换成了合身的女装，现在在林辛的眼中她更漂亮了。女人也看着林辛，显然她很满意林辛在服装方面的选择。仿佛预先知道似的，她从衣服的口袋里摸出一个发卡，很快就盘了一个简单的发髻。

　　"嗨！"女人开口说道，"我就知道你会想办法让我们见面的。"

　　"你……是女孩子。"林辛一时竟觉得自己有些不会说话了。慌乱之中只能用这种显而易见的事实来作出回应。

　　"没错……我叫琳，我们终于见面了。"

第六章　爱总是触手可及

　　林辛是个简单的人。虽然很多人都把他当成天才来看待，但他只不过是愿意在喜欢的事情上花费格外多的时间而已。这么多年他一直都是如此简单地生活，将他不感兴趣的事情挡在窗外，他不喜欢政治，不喜欢八卦甚至连喜欢的食物都没几样。身边的朋友都觉得他不合群，因为他总是沉浸在自己的世界里，对大家热衷的话题兴致索然，甚至梅也提醒过他"好歹跟生意上的大佬多聊两句"，即使是这个要求林辛也觉得很难做到。他喜欢的是跟合适的人（虽然没几个）聊天的感觉，他喜欢讨论能真正让现实变得更好一些的问题，还有解决它们的方法，而对"无用的炫耀与点评"毫无兴趣。对他来说，能让自己专心做感兴趣的事情是最重要的，其他所有事情都只是为了达成这个目标所作的妥协。

梅是在他高中的时候进入他的生活的。那时候林辛并不是一个特别优秀的学生，成绩顶多算中上。由于他的不合群使得老师也不是那么喜欢他，而梅却注意到了这个总是坐在角落里低头画东西的男孩子。那时候林辛的思想比现在更加无边无际，在他的素描本上除了做不出来的装置之外，还有不存在的生物和让人摸不着头脑的文章，而梅是他唯一的也是最好的听众。不怎么喜欢说话的林辛其实是很健谈的，只要梅坐在他身边，他就能边说边画一整天。梅会从普通人的角度来看待林辛的想法，她最常问林辛的一个问题不是"这个该怎么做出来"而是"这个我该拿它怎么用"。林辛往往被这个例行问题搞得哑口无言，然后使劲琢磨怎么把纸上那些没边儿的东西给拽回到地面上来，只是希望能让梅能用上。或者说，有可能用上。

很多现在热门的技术其实之前都在林辛的素描本上出现过。林辛对隔三差五听到一个耳熟的新发明已经很习惯了，就算是偶尔梅跳起来跟他说"这个点子你绝对跟我说过"，林辛也只是轻描淡写地回一句："前进的方向只有一个，撞车是难免的[①]。"

林辛并不是会害怕孤独的人，但有了梅的陪伴之后他觉得生活更加有意思了。他甚至会在梅生日的时候专门为她设计一个玩具，其中几个他还亲手做出来了。比如梅总是抱怨雨伞不容易干，带进教室之后挂在桌子旁边总是滴下很多水。因为梅不喜欢带太多东西在身上，为了让她能只用伞本身就解决问题，林辛为她做了一把能翻面的雨伞。其实思路很简单，因为"需要把雨伞弄干"是个伪命题，问题的重点其实是如何让雨伞收起来之后水不会弄湿周围的东西。林辛在普通伞的基础上做了改良：伞骨改成能让伞面里外翻转的，伞面则换成了防水布，而把手上额外加装了包括橡胶圈在内的防漏装置，这样在用完伞之后只需要将伞面内外翻转，然后用把手将伞布牢牢扎起来就好了。因为水都被包在防水布里，所以也就不存在滴水的问题了。这把伞梅一直用到林辛从美国回来，然后在损坏之后让林辛做了修复，但梅没有

---

① 林辛指的是科技进步的趋同性。这一点在KK的《科技想要什么》一书中有提及。历史上的发明有相当大的比例都不是"独创的"。只要前置技术与物质约束相同，下一个阶段的发明总是会重复涌现出来。比如电话的发明人一度被认为是贝尔（Alexander Graham Bell），而美国国会于2002年认定穆奇（Antonio Meucci）才是电话的发明人，这个人选即使在今天也是存在争议的；再比如微积分的发明人是牛顿（Sir Isaac Newton）还是莱布尼茨（Gottfried Wilhelm Leibniz）也一直是两说。诸如此类的例子还有很多。

继续用而是把它挂到墙上作了收藏。这种伞现在世界上就只有这么一把。

梅在林辛心中是如同空气一样的存在——重要但却意识不到。林辛也承认自己现在这样是因为自己离不开和梅一起生活的经历的打磨。那些年的交流让林辛更愿意从实用的角度考虑问题，也提高了他的沟通能力，他已经完全忘记了独自一人生活的感觉——虽然梅有时候要些小女人的性子会让林辛很抓狂，但他觉得"天生一对"这种事情是不可能出现的，所以两人如果真想要一起生活，一定程度的妥协总是难免的。话虽如此，他始终还是无法彻底抛弃对"完美"的追求。闲暇时候的林辛会试着在心中描绘一下梦中情人的样子。虽说和梅的关系稳定下来之后这种想象开始变得没那么频繁，但并不表示他对自己心中完美的女人没有明确的诉求。现在眼前站在屏幕里的这个女人就是对这个诉求最完美的回应。

这个世界上没有完美的人，那是因为每个人的诉求都不尽相同。一个人心目中的完人在另一个人心中可能一文不值。每个人都会努力寻找最符合自己梦中情人形象的另一半，事实上每个人在自己的爱人身上多少都会看到自己梦中情人的影子，只不过这两个人完全相同的概率微乎其微。林辛现在就是和这"微乎其微"撞了个正着。

"你没有什么想问我的吗？"琳看林辛半天没有反应，就主动问道。

林辛终于想起来做这些事情的目的了。他回过神来之后点点头："我想知道你是不是危险的。"

"如果我说是危险的，你就会杀掉我吗？"琳没有直接回答这个问题，而是反问道。

林辛几乎要脱口而出"不会"，但他忍住了。他咳了一下，说道："我不知道，但我不希望杀掉你。"

琳点点头，笑着说道："我也不知道我是不是危险的，但我知道我为什么要攻击梅。"

这个正是林辛关心的。

琳继续说道："因为你喜欢她。我不喜欢你这样。"

这个逻辑出乎林辛意料，因为在他之前的设想中琳是个男人。他看着眼前的这个女人，心里大概有了答案。不过他还是问了一句："为什么？"

"因为我喜欢你。我希望你只喜欢我。"琳看着林辛的眼睛毫不掩饰地说道。

听到这样一个美人儿说出这样直白的一番话让林辛觉得一阵眩晕，但他猛然惊了一下，如果他现在的脑波也是"爱情模式"，那应该会惊醒大脑里真正的琳。于是他赶紧把这个疑问提出来。

琳摇摇头说道："你对我苏醒条件的判断很准确，但有一点是错的。如果你的爱是针对我的话，我显然没有理由中断你的思维。我甚至乐于看到这种爱继续在你的脑海中发酵下去。"

琳的这个解释听来没什么问题，林辛点点头，但他的问题更多了："我想知道你为什么会喜欢我。我和你应该不能算认识吧？"

"你应该知道'天生一对'吧。"琳看着林辛说道，"在你的世界里这几乎是不可能的，在我的世界里也不太可能。如果把我们两人的世界合起来看，这种事情其实任何时候都在发生。我之所以成为我，是必然的。只不过我的诞生是偶然的。"

"能具体解释一下吗？"林辛觉得琳的这几句话已经超出了自己的理解能力。

琳点点头，往后退了几步让林辛可以看见自己的全貌，说道："拿我的身体举例，我之所以是这个样子，是因为你希望我是这个样子。不光是身体，我的一切都是你的'希望的事物'。我是你对爱情的所有理想的集合。"

林辛对这个解释并不感到太意外，眼前的这个女人无论是外貌还是谈吐都是他无数次在脑中想象过的样子。现在他看到的一切只不过是给他一直以来的爱情幻想起了个具体的名字——琳。林辛还是有不明白的地方：Nina说过他身体里的另一个人格并不是人格分裂的产物而是拥有完整生存能力的另一个人，但对爱情的幻想是每个人都会有的，为什么只有他创造出了琳？

"因为这是你'希望的事物'。你从来就没有希望过我是你的附属品或者是一个避风港，你并不需要这些东西。你从一开始就希望我是一个独立的女人。我并不是你逃避现实的工具，而是一个由你创造出来的独立的人。我的存在虽然是由你而起，但由于你对我的独立性有着近乎苛求的执着，所以我不会像其他人那样容易消失。"琳继续说道。

　　"其他人？还有和你一样的人吗？"林辛觉得琳每给出一个答案都会带出更多问题。

　　"好多呢……"琳控制躯体引擎生成了好多躯体，那些躯体在琳的周围飘动着，有些只是空洞的躯壳漫无目的地在空间中漂浮，而有些拥有了意识的躯体则在琳的周围走来走去。琳淡然地观察了一会儿身边的躯体，把手一挥。伴随着琳的动作这些躯体开始很快地崩溃，像肥皂泡一样破裂消失了。很快那些破掉的肥皂泡又开始重新组合，空间中又开始出现新的躯体。不时有肥皂泡彻底消失，但也有新的肥皂泡加入到这个空间中来，投入到这片躯体的泡沫中。

　　"林辛你看，这是我生存的世界——意识的世界，你的脑海。"琳把手伸进眼前的一具躯体中。那些躯体虽然看来完全真实，但在琳的面前似乎没有实体，她的手毫不费力地穿过了他们，就好像伸进了一片阴影。

　　琳扭头看着林辛，继续说道："所谓的人格……其实是观念的集合，而这些观念正如你每天接触的空气和水一样在你的脑海中循环。你每天都会摄入观念，对应的也会释放出观念。这种新陈代谢你其实很清楚不是吗？"

"弥姆（MEME[①]）……"林辛很快就明白了琳的所指。确实，对关注文化社会模型的设计师来说，这个概念并不陌生。如果说生物信息的最小单位是基因[②]（GENE），那文化信息的最小单位就是弥姆。

一般认为人有生物和社会的双重属性。想要完全定义一个人，需要在生物和社会两方面着手。除了染色体之外，人格也同样重要。即使是两个基因完全相同的人，由于生长环境的不同，人格也不会相同。这两个人应该被当作是两个不同的个体来看待，典型的例子就是同卵双胞胎。基因组合在一起形成的染色体是一个人在物质层面的定义；而人格是弥姆的组合，是人在精神层面上的定义。

"没错，正是这个。"琳点点头，"和基因一样，弥姆在传播的过程中也存在竞争。一个观念在你的脑海中会和针对同一

[①] 这个概念由理查德·道金斯（Clinton Richard Dawkins）在《自私的基因》一书中首创，一般指"一个想法、行为或者风格"。弥姆的概念也是病毒营销等P2P商业传播手段的理论基础。

[②] 即特定的DNA序列。

个话题的另一个观念竞争，被你接受的那个观念会生存下去，被淘汰的那个则会消亡。这就是弥姆的优胜劣汰。生存下来的弥姆如果足够多的话会组合成为人格，我就是其中一个。"

"也就是说，所有人的脑海中都在不停地产生人格？"林辛问道。

"没错。只不过他们非常容易消失，因为组成他们的弥姆往往很快就消亡了。我是特殊的，因为你对我的要求远远不同于常人。"琳说道，"你在这么多年的生活中不停地修正对我的想象，而且这些想象非常具体，直接影响了你脑海中意识们的生存环境，使得组成我的正确'成分'更容易生存下来。正像我刚才说的，我之所以成为我，是必然的。

"但我之所以现在能站在这里和你说话，却是偶然的。如果我没有被唤醒，很可能随着时间的流逝我依然会消亡，但你唤醒了我。"琳继续说道。

"因为那一瞬间的'爱情脑波'。"林辛彻底明白了。

琳点点头："我的'成分'其实一直在演变中。在那段时间我拥有控制躯体的能力，这也是拜你所赐，算是一种机缘巧合，但这种能力并不是永恒的。很幸运的是，在这种能力消亡之前我被唤醒了。拥有物质基础的人格是不会轻易消亡的，拥有身体的控制权之后我的'成分'也迅速稳定下来，成为现在的我。"

林辛听到这里下意识摸了摸自己的头，现在他已经完全确认自己的身体里有两个独立的完整人格了，而且这两个人格都拥有对自己躯体的控制权。至于其他那些很容易消亡的人格，林辛还是有不明白的地方："如果脑海里有那么多人格，我应该会觉得吵成一片吧？"

"毕竟只是由观念拼凑而成的人格而已。"琳摇摇头，"打个不恰当的比喻：那些人格就是操作系统运行的时候那些没有被分配调用的内存里存储的数据。那些数据其实是内存通电的时候产生的随机值，虽然它们确实存在于内存之中，但对系统来说还是不存在的。"

"……电子灵魂。"林辛想起了以前看过的一部科幻电影，里面有探讨过机器人处理器里的随机信号组成灵魂的可能性①。

林辛接着问了一个有些现实的问题："既然你也能控制这个身体，那从生存竞争的角度考虑你应该会想杀掉我从而完全控制这个身体才对吧？既然基因是自私的，弥姆应该也是。"

琳听到这里愣了一下，然后笑了起来："怎么会呢？我是女人啊。我不会对控制男人的躯体感兴趣的。"

林辛倒是没有跟着笑："那你就不怕我这个人格让你消

---

① 指2004年的电影《我，机器人》（I, Robot）。电子灵魂的探讨出自电影里朗宁博士的台词。

失吗？"

听到这句话琳倒是没有觉得意外，她满意地看着林辛："我正是喜欢你这一点，即使是发生在自己身上的事情也能这么冷静。不过我不担心你说的事情，大脑其实是很空旷的，除了我们以外还可以装下好多人，我们共享一片脑海其实并不是什么大问题，实际上所有人的脑海中都是无比热闹的。我不能保证我们永远相安无事，但就目前来看，我喜欢你。你创造我的时候其实并没有要求我喜欢你，你只是一心想要在自己的脑海中创造一个心仪的女人而已，但却正是这份单纯让我喜欢。在你生存的世界中有太多的杂念，我看过不计其数的观念在你的脑海中来来去去。为了功名的研究，为了利益的爱情，为了索取的奉献……这些不干净的观念每天都在进入你的脑海，但我很高兴看到你把它们一一剔除了出去。你存在的方式让我心动不已。"

"并且……"琳顿了一下，看着林辛说道，"即使知道我和你共享一片脑海，你也没有把我当寄生虫来看不是吗？"说到这里琳似乎有些忧郁，眼神中也闪过一抹阴影。

林辛没想到这一茬："寄生虫？怎么会呢？"

"虽然我没有见过那个心理医生，那时候我还不是我，但我知道你有一段时间对人格分裂作过一些研究。人们对于大脑中的其他人格往往是倾向于抹杀的。"琳搜索着自己的回忆，准确地说是林辛的回忆，只不过有一部分被整合进琳的意识里了。

"……如果是疾病的话。"林辛点点头，他对琳解释道，"看来你对人格方面的事情比较在意，但我希望你明白，很多情况下人格分裂其实并不是真的拥有了其他的完整人格，而是由过度的精神创伤所引发的防御现象。在那种'人格'控制下的人会非常具有攻击性，会倾向于'合理化'他们所采用的过激行为。这种行为往往会伤害他们和周围的人，所以进行针对性的治疗是必需的。"

"但会不会有的人格分裂其实是像我一样呢？"琳说道，"比如那个伦敦的茶商①？"

林辛摇摇头："我更倾向于认为James是真的存在精神疾病。起码我没听说过发狂的詹姆斯能像你这般理性地和我讨论问题。"

琳笑了："所以你没有想过要'治疗'我喽？"

林辛没有立刻回答这个问题，而是盯着琳看了好一会儿。然后他长出一口气，耸耸肩："从现在的情况看，即使你没有实际的身体我也只能把你当成是和我平等的另一个人来对待。虽然和另一个人共用大脑听来有些奇怪，但我实在没办法把你当成是

———
① 琳指的是詹姆斯·马修斯（James Tilly Matthews），他被认为是第一例有记录的偏狂型精神分裂症（Paranoid Schizophrenia）病例。在平时他的表现与正常人无异，但一旦被特定的关键字激活就会变得异常暴戾，完全变成另一个人。

一种'疾病'。"

琳听到这里立刻往前探了一步，她追问了一句："如果我不是现在这个模样，你还会接受我吗？"

"我不知道，但正如你说的：你之所以成为你，是必然的。"

琳撅起嘴巴小声嘟囔了一句："好狡猾啊，这根本就不算是回答。"

林辛哈哈大笑："问这个问题的你才狡猾对吧？"

两人安静了下来，他们就这样望着彼此，语言交流现在对他们来说已经是可有可无的事情了。可能是想营造一下浪漫的氛围，林辛抬手关掉了实验室的顶灯。窗外的月光透过玻璃照进实验室，将林辛的脸用银色包裹起来。而这光也通过摄像头照进了琳的世界，投射在了她的眼睛里，让她本来就美丽的眼睛里泛起温情的波纹。

第二天，一辆大集装箱卡车停在了Prophetech的楼下，一群说着日语穿着蓝色工服的技术人员开始往楼上搬运器材。除了一些常见的机械部件之外，大部分零件都被多国语言的保密封条裹得严严实实。即使是Prophetech的员工也很少见过这般阵仗，纷纷从办公室里跑出来围观。Paul在办公室里听到消息后更是一头雾水："我最近没买东西啊。"他从办公室里跑出来看到那些蓝色工服之后立刻就明白了，这些技术人员来自日本的Vision Revamp公司，是林辛之前投资过的一家顶级动画公司。这家公司除了自己制作动画以及承接各种CG、动作捕捉项目外，也对外授权自己研发的各种计算机图形技术，主要的客户几乎都来自电子游戏领域。在林辛入股之后，他鼓动管理层在VR[①]体验方面进行研发，理由是视觉体验在屏幕显示技术进入平原期之后进步的速度会迅速放缓，而用户对更棒的虚拟体验的需求却不会停止。看来眼前的这些设备就是他投资的结果了，但从块头上看这些设备不是家用的，更像是用在街机厅里的大型封闭式体验装置。

Paul跑到林辛的实验室门口。现在实验室的门是开着的，林辛正在和一个约莫40岁的日本人讨论设备安装的细节。听林辛的口气显然他对收到的东西不是很满意："这个怎么还是这么大啊？"日本人则对林辛的反应不以为然，他操着熟练的中文回答道："林辛先生，这已经是我们能拿过来的最可靠的版本了。你要知道在云游戏技术彻底普及之前，本地的计算资源是必不可少的，而想要达到你要求的多媒介渲染效果，这些装置都是必需的。"

正当林辛打算继续抱怨的时候看到了Paul，于是他转身对Paul说："大数据服务器我还需要用些时间。"Paul走到林辛旁

---

① Virtual Reality，即虚拟现实。

边摊摊手："我看你发疯也不是一次两次了，在那东西能赚钱之前你爱怎么用都行，但你需要给我解释一下这一大堆东西。"

林辛点点头，指着一个箱子里放着的一卷像布料一样的东西说道："大体来说，所有的一切都是围绕着这种材料进行开发的。我希望利用现有的技术作出极致的VR环境。"

Paul说道："你有一次跟我聊过VR，由于你无法接受玩游戏还得动手术，所以那时候你说过适合VR技术诞生的时代还没有到来。"

"其实现在也没有。"林辛回答道，"VR技术从实现途径上看有两种。第一种就是我之前跟你讨论过的神经系统接口[1]。这种技术有两个前置技术，第一是计算能力的飞跃，按照神经系统的复杂度，我们之前的设想是应该要等到量子计算机时代。现在我觉得这一点其实并不绝对，通过粗暴叠加现有的计算资源也有可能达到需要的计算能力。毕竟大规模计算这种事情说白了也算是软件层面和硬件层面的配合问题。硬件模拟软件和软件模拟硬件[2]……

———————

[1] nervous system interface（NSI），即通过对神经系统的接管，直接对大脑输出对应的神经信号来在大脑中"绘制"出感官体验，也可以通过截获神经系统的输出来控制虚拟的肢体进行运动。

[2] 硬件模拟软件的典型例子就是显卡中的图形计算，而软件模拟硬件的典型例子就是现代操作系统中的虚拟内存。

"我们亲历过那么多的技术变迁，在软硬件互相追赶的过程中发生计算能力飞跃这种事情并不稀奇。第二个前置技术就是目前无法达到的了，想要在不动手术的情况下和神经系统进行思维层次的精密对接①，使用现有的任何数据接口都不现实，恐怕只能依靠以后的纳米机器人技术，所以我才会说适合NSI的时代还没有到来。"

"那你现在正在弄的这个VR是……"Paul一时觉得有些糊涂了。

"正是另一个途径：沉浸式虚拟环境②。我之所以投资这个公司除了因为他们拥有高超的图像技术之外，更是因为他们拥有这个材料的专利。"林辛说着拿起箱子里的布料。他把布料放到Paul手中，然后从实验台上拿过一个实验电源，接通了布料上的两个点。Paul手中柔软的布料"嘭"的一下子撑开成了一个短棒。Paul试着弯了一下这个短棒，发现非常坚硬。

"别费力了，即便是在这个简单的结构下这种材料也可以承受大约100公斤的力量。如果我不断电，你是折不弯它的。"

---

① 运动层次的对接是有可能的，比如美国布朗大学的BrainGate计划已经能做到将一片约4毫米见方的芯片植入大脑中，将人脑中的信号截取出来并转发到外部计算机中从而控制机械义肢。

② Immersive Virtual Environment（IVE），即创造高度互动的虚拟环境，使用户仿佛置身于现场。目前主流的VR技术都属于这个类别。

林辛看着Paul说道，"这只是这种材料的其中一个神奇之处。如果只是会硬起来我也没必要拿它打主意，毕竟能拿来做斗篷^①的东西也不算少了。这种材料本来是打算用来做高精度机械遥控手套的，可以远程对精密的硬件设备进行操作，理论上可以1∶1精确还原手部的细微动作，并且可以通过局部变形来让操作者感觉到远端反馈回来的形状和硬度。拿来做VR体验是我的点子，也就是说不需要操作什么实际的东西，是反过来使用虚拟的环境数据来驱动材料变形，从而让你产生真的抓住了什么东西的感觉。"

林辛看Paul开始能跟上了，就接着说："我是希望能一举解决躯体动作捕捉和感觉反馈方面的所有问题，而且是即穿即用，不需要贴上电极之后还得花几个礼拜做脑波训练^②。"

林辛接着从装布料的箱子里翻出一个像游戏手柄一样的东西，他把实验电源从布料上取下来接在了手柄的中间，然后找了

---

① 林辛说的是蝙蝠侠的斗篷，由形状记忆材料（shape-memory polymer）做成。平常是柔软的布料，但通电之后会硬化成为滑翔翼。

② 这里指的是罗马生物医学大学（Campus Bio-Medico University of Rome）的LifeHand计划。该计划已经可以做到使用脑波控制机械义肢，并能感受抓握物体的形状与硬度，但在使用之前除了需要通过手术将电极放置在对应的运动神经附近之外，还需要一段时间的思维练习，从而完成脑波与操作意愿的匹配。目前操作的精确度在八成左右，主要的干扰可能来自电极本身产生的电磁噪声。

两根排线从手柄里接到了布料边缘露出来的两组插口里。他回头看着Paul说："还记得大学时候我们仿制的REX钥匙卡[①]吧？"

Paul点点头。林辛再次打开了实验电源，Paul手中的布料再次变成了一个短棒。林辛接着开始拨动手柄上的摇杆，Paul手中的布料就好像活了一样，随着林辛的操作不停地变换着形状。

Paul被这种情形吓到了，他赶紧问道："一般记忆材料不是只能保存两种形态吗？"

林辛显得很得意："没错。实际上我们之前做的钥匙卡之所以能有三种形态是因为我们混合了两种记忆材料。也就是说普通的记忆材料能作出的形状数量是有限的。"

"那这是怎么回事？"Paul把手中不停变化的布料举到眼前，"你发明了新的材料？"

林辛扶了扶眼镜之后把手柄放下，然后从Paul的手中接过布料："当然不是。想要实现这种效果也不需要那么大费周章。我只是为最终作出这种布料提供了一个简单的思路而已。

"其实这种布料里只有一种形状记忆面料，且预设的固化形状都是一个正方形的平面。每一块这种面料都很小，小到摸起来就像沙粒一般，且使用的是立体交叉的编织方式。在这层沙粒

---

① 指的是PlayStation游戏《Metal Gear：Solid》里启动最终兵器Metal Gear Rex的合金钥匙卡。在低温、常温和高温下是三种不同的形状。

的下方印刷上一层柔性电路板，通过精确控制每一粒沙子的形变程度就能控制整体的形状变化了。还记得两年前我让你帮我从美国带过来的那批超精密柔性电路板吗？那时候我就在做这个东西的原型，虽然我做得很烂，但已经可以向Vision Revamp的管理层描述这种材料的前景了。"

Paul已经被这种材料震惊了，但他看着林辛发现他似乎还没说完，于是试探着问了一句："难道……这还不是全部？"

林辛更得意了："当然不是！"说着他按下了手柄上的一个按钮，然后再次推动摇杆。这次他把柔软的布料托到Paul的面前说道："摸摸看。"

Paul试着把手靠上去，他的神情现在已经远远超出震惊了："布料……在摸我！"

林辛满意地点点头："这就是这种材料除了复合形状①之外的另一个特性：触觉动力②。正如你感受到的，触觉动力能形成摩擦力之类的常见感觉动力。"

Paul把布料拿在手中端详了一下，发现面料的衬里纹理十分特殊，在靠近皮肤的那一层形成了密集交叉的类似管道的结构。

① complex shaping.

② sensation motive.

他很快就知道其中的缘由了："气流。"

林辛点点头："其实这个特性的开发完全是巧合。当初之所以想要在面料的下面布置气流是为了……"

"散热！"Paul现在彻底跟上林辛的节奏了。

"没错。"林辛拿过布料说道，"由于频繁的电流变化和物理形变，导致这种面料非常容易发热，应该说是发烫才对，所以我便拜托他们帮我寻找合适的散热衬里。他们在首次实验的时候发现从缝隙里泄漏出来的气流喷在皮肤上的感觉其实很像摩擦力，于是便提出了触觉动力的设想，经过两年的开发就有了你现在看到的这种衬里。"

"所以，"Paul立刻明白这套设备为什么这么占地方了，"这些大罐子一样的东西其实就是压缩空气对吧。"

"压缩空气和对应的冷却循环系统，当然还有应急电源。"林辛说道，"我本来以为这些东西也应该小很多的。"说到这里那个领头的日本人显然听见了，他非常不愉快地扭过头看了林辛一眼，而林辛则回敬过去一眼，还学着Paul的样子摊了摊手。

Paul想了一下，问道："你是要用大数据服务器的计算能力来驱动这套装置喽？是不是有些过分了？"

林辛摇了摇头："这套装置自带了计算资源，足够应付物理方面的计算了。我用服务器是干别的。"

Paul本想追问，但看林辛没有继续说下去的意思，就没再继续问。眼看着设备安装得差不多了，他便准备离开："我要去继续准备给董事会的报告了，现在没有你帮着写，我一个人很辛苦的。回头你这摊子事情IPO[1]的时候别忘了叫上我啊。"

林辛点点头，目送Paul离开之后，便和日本团队对设备进行进一步的调试。约中午时分设备调试完毕。领头的日本人让林辛在好几张表格上签字之后还不放心地反复检查了好几次，确认没问题之后才转身招呼团队离开。现在实验室这一层楼就只剩下林辛一个人了。

林辛转身走进实验室，锁上门。

首先他把这套IVE装置和躯体引擎对接起来，确保躯体的各个动作都能和引擎里的接口对应。然后他把一个制作自然环境的插件挂接到引擎上，考虑到进入虚拟环境之后也需要操作这个插件，于是他在躯体引擎里编写了一个虚拟控制台，上面有键盘、轨迹球和触摸屏。在虚拟环境里他只需要拧一下左手上的手环就能呼叫出控制台。在确认软件之间的配合都没有问题之后他穿上由记忆面料制作的连体衣，然后在腰上和肩部围上几个特殊的固定环，在确认固定环已经牢牢锁定之后他戴上了一个立体视觉头

---

[1] Initial Public Offering，首次公开募股，即上市。

盔——头盔的内部也使用了能提供触觉动力的衬里。

接下来他走进实验室中间的一个金属支架里面，把里面几根钢索末端的固定销和腰上以及肩上的固定环接上。然后他打开了IVE设备的电源。钢索开始收紧，把林辛从地面上吊起来。记忆面料迅速感应到这个变化，连体衣从颈部开始一直到脚底开始变硬，将肩膀处的压力迅速转移到脚底。虽然看起来林辛是被肩膀处的固定环吊着，但从力学上看他现在是站在他的鞋底上。

立体眼镜里可以看到由简陋的多边形网格组成的躯体和地面。现在系统开始通过语音提示林辛进行校准，可能由于还是原型的关系，这些语音都只有日语。好在林辛的日语不错，他照着提示挥动四肢依次摆出"大""十""单脚抬起""单手举起"等基本的姿势，过了一会儿系统就提示校准完成。在一阵微风拂过面颊（其实是触觉动力系统的自检）之后IVE系统进入了工作状态。

躯体引擎检测到了就绪的IVE装置之后开始和它交换数据。立体视觉头盔里的两个屏幕迅速亮起，林辛看到了一片灰色的地面。在简单的适应之后林辛开始环顾四周，他很快就看到了远处琳的身影。琳也看到了他，她的脸上露出欣喜的笑容，然后向林辛跑来。

林辛本来想跑，结果一迈步差点摔倒。所幸记忆面料很快就配合上了他的动作，在小心地蹦了几下之后，林辛终于适应了在虚拟环境中跑步的感觉。于是他大步向琳跑去。

两人很快就面对面站到了一起。林辛拉起琳的手说道："虽然绕了一个大圈，但我总算是和你在一起了。"

琳则微微一笑："我其实一直都和你在一起，就在你触手可及的地方。"

第七章　神奈川冲浪里

　　虽说和眼前的这个女人相处时还有一点陌生的感觉，但林辛拉着琳的手显然是不打算再放开了，他很快就决定好了第一次约会的地点。林辛呼叫出控制台，腾出右手点了几下虚拟的触摸屏之后，他们脚下的地面开始发出淡淡的蓝光，很快他们就站在了一片平静的水面上。

　　"我很喜欢大自然的风景，但现在既然我们能让任何地方来到我们面前，不如看些我平常想看却看不到的。"林辛看着琳的眼睛说道。

　　伴随着林辛的声音，耳边开始响起呼呼的风声，而这风声在几秒钟内就变得巨大了起来，林辛和琳的脚下已经变成了一叶小舟的甲板，船舱里似乎还能隐隐约约看到不少捕到的鱼。空中的水汽越来越重，这些水汽现在被裹挟在强得离谱的大风里，似

111

乎想主动往人的身体里钻。刚才还一望无际的平整水面现在变成了惊涛骇浪，在暴雨和飓风的蹂躏下，整个水面就像被煮沸了一样，发了疯似地上下翻滚。波浪从眼前落下去之后，两人隐约看见附近还有几只同样的小渔船，不过现在看来这些渔船和几乎没有重量的树叶一般没什么实感。它们都被这扭曲的水面翻弄着，随时都有倾覆的危险。两人脚下的渔船被巨浪高高托起，然后再被轻描淡写地扔到水面上。

这突然出现的恐怖风景显然吓坏了琳，她睁大了眼睛看着这一切，滔天的巨浪带来的压迫感让她觉得有些窒息。她紧闭着双唇，死死盯着眼前的海面，两只手则用力抓着林辛的袖子不放。突然一个大浪打来，琳惊叫了一声，她本想躲开但发现来不及了，只好眼睛一闭等着被打中，但什么也没有发生。琳过了好半天才小心翼翼地睁开眼睛，只看到林辛正有些得意地看着她。过了好一会儿琳才明白过来他们只是站在这样一幅风暴立体画中间的两个虚影而已。

"我已经把我们和环境的物理关系切断了。虽然看起来很可怕，但我们是安全的，只是跟着船一起在动而已。"林辛把目光从琳脸上移开，继续盯着那些巨浪说道，"我一直都希望能亲身体验一下这种暴虐的自然。"

"隔着玻璃看也叫亲身体验吗？"琳现在已经完全没有刚才的紧张感了，她甚至觉得这种恶作剧有些让人失望，"虽然这样的效果已经可以让目前所有的电影院关门，但我怎么觉得这种'舒适的观影体验'很熟悉呢？"

林辛注意到了琳刚才用到的"观影体验"这个说法，他也觉得琳说的这种"熟悉"并不遥远。很快他就明白了琳的所指：这种感觉其实和目前流行的4D电影很像，只不过效果强很多而已。

琳拉着林辛的手，趁一个大浪再一次把渔船托起的时候她向西边望去，那边有一个东西刚才吸引了她的注意力。"是富士山！"她叫了起来，"我知道我们在哪里了！"

"哦？你的记性比我想的要好。"林辛笑了，"看来我选的这幅画还是过于经典了。"

"嗯，渔船、风浪、富士山这种组合只能是《神奈川冲浪里》。虽然我对千叶①那边没什么印象，但知道前面几点就足够了。"

琳就这样拉着林辛随着小船颠簸了一会儿，她凑近林辛大声说道："我要进去！"

林辛勉强能听见她的声音，但没明白她的意思："进去？进去哪里？"

---

① 《神奈川冲浪里》画面中的渔船来自房总地区，即今天的千叶县，位于富士山的东边。

"进到这幅画里！真正地进去！让我们真正地进入到这巨浪里去！我想和你看看这幅画真正的样子！"

"这可不是开玩笑的！这样的环境太危险了！你和我不一样，是真正在这个世界里的，会淹死的！"林辛明白之后连忙摇头。

"你会保护我的！"琳想都没想就回答道。她看着林辛的眼神里充满着信任，"你在这里算是半个上帝了不是吗？"

林辛轻叹一口气，他打开控制台准备把他们两人纳入到物理引擎的计算中。确认之前他用力把琳拉到自己怀中："抱紧我，千万别松手！"

琳还没来得及点头就被一个大浪正面打中，这次她没有"穿过"去，而是变成了落汤鸡。她抬头看看林辛发现他全身也湿透了，要不是他刚才用身体勉强护住了琳，琳早就被拍到海里去了。

刚才还使不上劲的"暴虐的自然"现在才算是露出真面目。两人脚下的渔船现在变成了愤怒的公牛，想尽办法试图把他们从背上抖下去。尽管林辛把琳护在怀里，死命地抓着船舷上的绳索，但还是时不时地被抛得两脚离地。他把能用上的力气都用上了，但其实没什么用。在天灾的面前，一个人能做的实在太有限了。

琳用两手死死抱着林辛，虽然直面这样的灾难是她的主

114

意，但不表示她就能心平气和地呆在这风暴中。她的发髻现在已经被吹散了，头发都湿漉漉地贴着她的脸。她趁着小船勉强平稳的一小段时间腾出一只手把头发拨开，抓紧时间看着周围。

林辛低头看着琳，琳也正好抬头看着他。两人看着对方的狼狈样突然觉得心里有什么东西被释放出来了，一起放声大笑。而神奈川的波浪没打算让他们享受这一刻，一个更大的浪从天上砸下来正好落到渔船的船舱上。这次渔船终于没能顶住，被打了个底朝天。林辛和琳则被翻转的渔船直接甩到了空中，接连掉到了海里。

林辛拼命游回海面，发现琳不在身边。他赶紧四处张望，但想在这风暴中找到琳实在太困难了。耳边全是波浪声和风声，眼前满是白色的水沫，时不时还有浪打到脸上。就在他环顾周围几乎绝望的时候终于看见了琳的身影，她已经被浪冲到了十多米开外了。林辛在浪中拼命往前游，但这平常几秒就能游完的距离现在竟然用了不知道多久，好不容易前进了几米又会被往旁边推个好几米，甚至直接被一个大浪给拍回去。等林辛终于靠近琳的时候他觉得自己已经筋疲力尽了，他用最后一点爆发力往后一蹬，从背后抱住琳。即使是背对着林辛而且风浪声这么大，琳也能听见他的喘息声。林辛不敢再在这个环境中折腾了，他腾出右手拧了一下手环调出控制台，关掉了这个场景。

风浪消失了，世界重新变成了简洁的天与地。两人现在保持着刚才在水里的姿势呆坐在这天地的中间。刚才在海里被吓得不轻，两人一时还没缓过神来。他们现在只顾得上喘气，而身上的水则是完全顾不上了。过了好半天两人终于平复了呼吸，琳回头看了看林辛，发现他正低头看着自己。刚才在船上没能继续的笑声现在肆无忌惮地爆发出来，两人笑得前仰后合。

琳笑得都快没什么力气了，她就这样靠在林辛身上，小声地说："能活下来真是太好了。"

林辛用手小心地把琳贴在额头上的头发拨开，他说："我现在终于明白为什么有人说浮世绘是'笑容画卷'了。想想那些渔夫，他们从那风浪中活着回去之后，不好好嘲笑一下老天爷才怪呢。天灾又怎样，贫穷又怎样，只要我还笑得出来不就好了？"

"可是在那个画卷中并没有笑容啊。"琳虽然明白林辛说的话，但没明白和刚才那幅浮世绘的联系。

"画里确实没有，但只要你顺着这个思路想下去，自然就会笑出来。也就说，你的反应其实也是画卷的一部分。"林辛解释道。

他很快就在两人前方不远处竖起了一个鸟居①，然后继续说

———————

① 鸟居是一种日本神社的建筑物，一般由两根立柱和两根横梁组成，可能还有题字的牌匾设置在横梁之间。鸟居被认为是一种结界，是神域的入口。

116

道："其实这也算是一种情绪设计的方式，就像画画的时候留白一样，是为了给看的人留下想象的空间。通过在空间和情绪上的留白来引导使用者沿着设计者预想的思路走下去，这种默契实际上是设计的一个重要目的，使得人与人之间可以通过作品来进行交流，哪怕这个交流要跨越漫长的时空。这种设计在实物方面最典型的例子就是鸟居。虽然看起来只是一个木框，但功能上其实是一个门。虽然和一般印象中的门一点都不像，可穿过这道门你就进入到了另一个世界。"

"另一个世界？"琳问道。

"神的世界。"林辛回答。

"可是那边不是一样的吗？真的有神的世界吗？他们存不存在都是个问题吧。"琳依然不是很确定这个设计的目的。

"看你怎么理解了，毕竟这种感觉更多是精神层面上的。我虽然不是很相信具体的神明，但对于宇宙的博大与神秘，还有让一切事物得以运转的绝对规律。这些概念本身我是很崇拜的。如果说'神'代表着绝对的存在，那这种绝对的存在是真的有的。从这个角度上说，我是相信神的。就比如几天之前我还不知道自己的大脑竟然会如此厉害，里面竟然能蹦出个活人来，这让我愈发尊敬自然的神奇。就这几天前后我的精神状态来说，由于变化是如此明显，你不妨认为我其实穿过了一道门进入到另一个精神世界了。"

"是哦……"琳点点头表示理解，然后吃吃地笑了起来，"不过我没想到刚才这番话会是你说出来的呢。我本以为你会用更加书呆子的方式把这种变化描述出来。看来你虽然理性，却也是个挺情绪化的人。另外，刚才我们掉到水里之后其实你可以直接调出控制台关掉风暴对吧？"

林辛一愣，然后挠挠头："啊……是啊！一激动就入戏了！"

"不是戏哦，"琳把脸凑近林辛，"虽然你救我的时候没有施展神通，但我觉得这才更像那半个上帝啊。"

林辛本想拿自己现在的狼狈样自嘲一番，但琳往上一凑，两人的嘴唇贴在了一起。

过了好久，两人才依依不舍地把嘴唇分开。琳调皮地看着林辛，他刚才似乎受到了惊吓，现在还没回过神来。

"啊……没料到会有这一茬……"林辛的嘴张了半天才蹦出来这么一句。琳听了之后笑了半天，她似乎早料到林辛会是这个反应。她决定再逗这个可怜人一下："诶，刚才是啥感觉啊？"

林辛挠挠头："嗯……虽说并不是彻底的意外，但时机没猜到。一般说来，把第一次约会搞得这么狼狈之后不太可能发生这种事情吧。"

"啊……那你的意思是你本来就预料到会和我亲嘴喽？"琳似乎被伤到自尊的样子，老大不高兴。

"不不……"林辛急忙解释道，"是……是我想亲你啊。"他说得有些急，完全没有平常冷静的样子。

这个答复显然让琳很满意，她轻哼了一下，再次懒洋洋地靠在林辛身上。

林辛抚摸着琳的头发，说道："我还是第一次觉得技术的瓶颈是这么让人难以忍受……比如我虽然能触摸到你，但我还是不知足……"

琳稍微抬了抬头，但没有看着林辛。她问道："那你还想得到什么呢？"

"完全的感受，完全的你。"林辛说道，"比如你头发的香味，你舌头的味道……"

琳想了想，点点头："说到这个，我也没有这些感觉。似乎听觉、触觉和视觉已经是目前这个状态的全部了。"

"那是因为嗅觉和味觉比较难办。"林辛把一缕琳的头发凑到自己的鼻子跟前使劲闻了一下，但什么都没有闻到。

"嗯？我记得好多年前有个公司似乎做到了模拟嗅觉①。"琳努力搜索着她掌握的记忆。

"其实就完成度来说那个原型装置没什么大问题，但当时

---

① 琳说的是DigiScents公司于2001年研发出来的iSmell装置。该装置通过USB或者串口与电脑进行通信，装置中安放了128种"元气味"，通过对这些"元气味"的混合可以模拟各种复杂气味。该公司于同年由于无法获得进一步的融资而关闭。

值得关注的技术太多了，嗅觉的市场也就被彻底冷落了。"林辛说道，"只是委屈了我们的鼻子。"

"是啊，明明视觉的优先级最低来着。"琳说道。

"哦？怎么说？"林辛是第一次听到这种说法。

"比如在很嘈杂的环境中你是不是会很难集中注意力看书？"琳很容易就给出了一个例子，"我想那是因为大脑处理声音信号需要更多的注意力，而复杂的背景声音消耗了本来应该留给视觉的注意力。"

"有意思，"林辛点点头，"啊，说来我也想起来一个，如果你正在看电影，突然身边走过一个人，哪怕他没有遮住你的视线，但如果他身上有怪味的话也很容易让你分心。"

"对吧对吧！"琳点点头。

"……这是为什么呢？"林辛捏着自己的下巴开始想这些现象的原因。

"我也不知道啊……"琳摇摇头，但她见林辛开始自顾自地思考这个问题，也跟着思考起来。

突然林辛猛一点头，大声说道："距离！"

琳被林辛吓了一跳："什么？"

"就是安全距离呀！"林辛说道，"这可是关乎生死的大事。"

看琳还是没明白的样子，林辛解释道："你知道动物都有防御本能吧？如果周围出现可能危害自身的要素时，动物就会作出本能的自卫反应。这种反应几乎是不可控的，因为是生存本能的一部分。

"这个感知危险的范围其实是有好多级别的。最远的是视觉，基本上能感知可见范围内几乎所有的信息。然后是听觉和嗅觉，根据情况大约能感知几公里的样子。触觉的感知距离最短，就是贴身的距离。"林辛边说边用手比画。

琳开始能跟上林辛了："所以触觉信息的优先级最高对吧，如果我被什么东西咬了一口，我显然应该马上查查是什么咬了我！如果天边出现了大怪兽，我其实还有一些时间作准备。"

林辛现在对这个分析有些得意。他继续说道："按照这个逻辑想下去，也就能知道为什么味觉的完整性不是那么重要了。虽说奇怪的味道往往和卫生或者疾病有关联，但猫和狗不也好好地活到现在了吗[1]？"

琳也跟着激动起来了，她开始尝试顺着林辛的思路进一步验证这个假说："如果我们对生活在特殊状态中的动物进行分析，应该能进一步证明你的设想。比如黑犀牛，由于成年之后几

---

[1] 猫的味觉虽然敏锐，但对甜味非常不敏感。一般认为是在进化的过程中由于突变而丧失了甜味觉。狗的味觉则十分迟钝，它们判断食物好坏更多是依靠嗅觉。

乎就没有天敌了，所以视觉并不是那么重要，毕竟在草原上没什么动物能追得犀牛满地跑①。"

"哈哈，这个挺有意思，记下来回头看有没有时间仔细挖一下。"林辛说着把手往裤兜里掏，但什么也没摸到。他沮丧地说："通常我会用手机记下这些零碎的东西来着。"

"我记性很好的，回头你问我就好了。"琳用手勾住林辛的脖子说道。

林辛把头埋进琳的头发里，贪婪地呼吸着。他决定了："我要让你能感受到更多，我一定要做到。"

琳轻叹一声："做不到也没关系，毕竟说到底只是微不足道的问题嘛。我能这样和你待在一起已经很高兴了。"

林辛摇了摇头："我们的体验就是由我们的感官来完成的，感官的缺失就是体验的缺失。我希望能体验到完全的你，我也希望你能体验到完全的我。缺失的感觉总会有办法找回来的。"

琳看着林辛的眼神非常认真。琳忽然觉得心头一热，她轻轻点了点头："嗯。"

---

① 狮子会捕食年幼的犀牛，但对成年犀牛没什么杀伤力。

第八章　看见你的香味

　　林辛现在坐在IVE世界里一片纯白的沙丘上。他的眼前是银白色的沙漠，天空中白色月亮的周围布满了明亮的星星，就像一些闪动的银屑。光照被刻意做得很暗，只能勉强看见周围一些东西的轮廓，但却不够用来辨识细节。林辛喜欢这种封闭住感官的环境，这样能让他集中精神。在IVE中实现味觉和嗅觉，这种事情其实林辛也没有什么头绪，他只是知道自己一定要做到而已。琳现在坐在他旁边，也在陪他想办法。

　　林辛很享受这种在思考的路上有人同行的感觉。虽然跟Paul和梅他们在一起的时候也能有类似的感觉，但契合度毕竟差了好多。为了弥补契合度方面的不足，就不得不付出庞大的沟通成本，有时候这种成本甚至会大到让人不得不放弃沟通的地步。和琳沟通不存在这种障碍，她的知识背景与林辛非常接近，性格与表达方式却差别很大。这种相似与区别正好让他们的沟通能获得最高的效率。

"我倒是能从躯体引擎的感官接口出发，给你写出一套味觉和嗅觉……"林辛捏着下巴自言自语着。

"这不能解决你那边的问题。"琳摇摇头。

"嗯，"林辛同意，但也补充道，"就算写出来了，应该输入怎样的信号给你的官能接口也是个问题。躯体引擎里面针对这两种感官都只有一些描述性的枚举，充其量只是方便让人工智能作出简单的反应罢了。想要让你感觉到真实的气息，没有庞大的样本几乎不可能，就像写好了MIDI解析器却没有波表①，甚至连乐谱都没有。在解决我这边的问题之前，你那边能不能解决都是个问号。"

"要不然搞一个那个啥……气味装置过来逆向工程一下？"琳接着说道。

林辛摇摇头："那个装置我觉得还是过于复杂了，针对网页中嵌入的气味都需要预先分析，然后数据化。也就是说他们首先需要搞到实际的气味作为模数转化的样本才行，而我从哪儿弄

① 波表（wavetable）一般是指一些按照格式存储的乐器"单音"。当合成器需要演奏出一段旋律的时候，便会从波表中查找出对应乐器的对应单音，然后合成到最终需要输出的声音中。

到你的气味样本呢？如果这些样本之类的东西真的存在，我大可以考虑用一下感觉置换①之类的方法……"

"说得也是。128种元气味……总感觉过于复杂了，为什么不能像颜色或者声音一样做到简单呢？"琳比画着，她在想象一个128轴的坐标系。

"那是因为本来就不简单啊。所谓三原色也只不过是因为人眼对红、绿、蓝这三种颜色最敏感而已，声音则只涉及频率和幅度。气味就不一样了，不管是气体还是液体，我们的鼻子都算是挺敏感的，而且并没有明显的偏好。"林辛说着使劲作出嗅东西的动作。

"那味觉呢？不是有五味②的说法吗？"琳听了之后马上接着问道。

"味道是因为舌头针对不同的元味道有不同的感受器，比

---

① 感觉置换（sensory substitution）指使用一种感受器（天然器官或者人工传感器均可）接受来自外部的刺激，然后将采集到的信号投射到大脑中另一个感官的解析区域去，从而完成感官与感觉信号解析能力的嫁接（比如将手指感受到的触觉信号投射到处理视觉的大脑皮层去，从而获得用手指"看"东西的能力）。感觉信号与大脑皮层之间的对应关系一般由功能性磁共振成像（fMRI）来完成。感觉置换常用来帮助先天或者后天失去某种知觉的病患来恢复该知觉，但前提是该病患大脑中负责解析该知觉的皮层本身没有损坏。

② 指酸、甜、苦、咸、鲜。

如咸味主要是一些离子通道，鲜味主要是对氨基酸作出的反应。我们虽然不至于搞一堆盐水或者氨基酸做成'墨盒'，但既然这些反应的本质是有限的几种电化学反应就有希望。我如果没记错的话这种针对味道的模拟还真有可行的方案……"林辛开始在脑子里搜索自己看到过的一些案例，不过他突然好像看到什么恶心的东西一样摆了摆手。

"怎么了……?"琳问道。

林辛苦笑了一下："只是在想象如果搞到这个装置该怎么使用而已。我先告诉你我知道的解决方案：通过控制一些微型元件内部的电流频率以及温度变化来模拟味道。你试着想想看这样的解决方案如果做出来应该是个什么样子呢?"

琳抬头看着月亮想了一会儿。"啊……"琳也作出了林辛刚才的动作，"应该是一个含在嘴里的棒子①!"

"对吧！虽说能模拟，但这种戴着嚼子舔蛋糕的感觉怎么想也不是个让人开心的事情嘛!"林辛说着下意识地从手边抓起一把沙子，他把沙子举到眼前，看着它们慢慢地从指缝里流下。

"好干净的沙子……"琳看着那些落回到地面上的沙子说道。

林辛听到这话之后手上的动作突然停了下来。过了一会儿

---

① 这种装置已经由新加坡国立大学（National University of Singapore）作出了原型，不过外形上更像是一个夹住舌头的金属夹子。

之后他打了个激灵，猛地扭头看着琳问道："你刚才说什么？"

琳被吓了一跳，"我说好干净……"

"对哦……好干净……哈哈哈哈哈哈"林辛突然放声大笑，一边笑还一边说道："我怎么没想到，原来这么简单！"

琳看着林辛笑成这个样子急了，她使劲摇着林辛的胳膊问："怎么简单了！快告诉我呀！"

林辛则在给琳作出解释之前问了她一个问题："一般如果我们的衣服上有沙子，你会怎么做？"

"拍掉！"

"为什么？"

"因为脏！啊……"琳突然意识到这个理由和她刚才的说法是相反的。

"对吧，你刚才可是说这些沙子很干净的。"林辛随手抓起一把沙子往自己的手背上撒了一点，然后把手举到琳的眼前。他问道："你为什么觉得它们是干净的呢？"

"因为它们好白……"琳想了一下，觉得颜色是最大的理由了。

"我也觉得应该是这个理由。"林辛说道，"其实白色和干净并没有必然的联系，只是你下意识把它们联系起来了而已。就像你看到蓝色会觉得凉爽一样。这种联系主要是由生活经历决定的，白色和干净的衣服，水池的蓝色和下水之后的清凉……这些组合一次又一次重复地出现，让你牢牢记住了这些组合。"

林辛进一步对这种感受作出解释："这种感觉上的联系，也就是联觉①，是设计中经常利用的现象。比如在视觉设计中，由于传播载体的限制使得设计者无法百分之百地将所有的感觉都通过载体表达出来，比如你不能让屏幕发出巧克力工厂里弥漫的香味。你可以通过在画面上使用巧克力的颜色甚至直接放一些巧克力的照片来让看的人感受到那些香味。虽然这种联系比起严格定义上的联觉要弱，但用来描述一种双方都可能知晓的感觉是绝对足够的。"

"也就是不得已而为之吧……"琳说道。

林辛可能是觉得琳的这个说法有些过于低调，他把手上的沙抖掉，然后说道："也不至于这么不堪……在电影院里确实能获得更强的视听感受，但就全面性来说还是不够。这也是我觉得看话剧其实比看电影要过瘾的原因。演员在舞台上抽烟我都能闻得到，甚至他们砸椅子的木屑都能崩到我的脸上。这种让所有感官都沉浸下去的欣赏方式其实能让观众和作者获得更多共鸣，有些艺术家还会刻意追求这种体验。说到共鸣，我们现在所处的环

---

① 联觉（synesthesia），指一种感官的刺激引发其他感觉上的认知。有些拥有绝对音感的人对音高就有颜色方面的联觉，比如听见C4会"看见"红色。

境最方便的地方就是可以完全按照想象随意修改，描述起感觉来会很直观。"

琳现在知道林辛的思路了："通过联觉来进行感觉的传递……真亏你想得出来。"

林辛摆摆手，他说道："这可当不起，这种事情几千年前就有人在做了。我只是觉得我们所在的这个虚拟环境会让这种做法拥有更多的可能性而已。"接着他引用了一段台词：

All the world's a stage,

And all the men and women merely players,

They have their exits and their entrances[①].

"虽然文学修辞中的隐喻[②]并不局限于具体的感官，但依据共同的生活经验来完成文字与感觉的联系的机制是一样的。"林

---

① 出自威廉·莎士比亚（William Shakespeare）的喜剧《皆大欢喜》第2幕第7场。大意是："世界是一个大舞台，男人和女人不过就是上面的演员，他们都有退场和出场的时候。"

② 隐喻（metaphor）的历史几乎和语言本身一样长。现存最早的以文字形式保存的隐喻应该是出自《吉尔伽美什史诗》（第三乌尔王朝时期，公元前2150—前2000年），由楔形文字写成。其中的第8块泥板中有如下文字（大致翻译）：
你（是）我手边忠实的战斧，
你（是）我腰间的宝剑，我前方的盾牌，
你（是）我节日的盛装，我腰间的锦带，
而恶魔突然出现，将你从我身边带走！

辛继续说道，"生活中的体验是多种感官经验的结合，所以如果两人的生活经历接近，语言文字表达清楚，就完全可能通过联觉来完成复杂的感觉交流。这种共鸣能传达的感觉甚至比机器能做到的更多。"

"那就来试试看吧！"琳听完从沙丘上跳起来，"告诉我该怎么做！"

"这套IVE能让我们不受限制地改变这里的一切，"林辛说道，"我们需要做的就是尽情地、真诚地想象。由于要描述的感觉在这里没有具体的样本，所以我们需要做的事情和技术关系不大，倒更像是在写作文。"

他调出控制台，为呼叫器制作了一个副本并套到琳的手腕上。

"我先试试看能不能让你闻到我。"林辛说。

他闭上眼睛仔细斟酌了一下（其实这挺难的，因为自己身上的味道很多时候都被下意识地忽略掉了），然后开始操作控制台。这次的操作比之前精细许多，他使用了来自不同场景中的素材，并对模型、光照和声音的参数进行细致地调整。

琳静静地看着林辛改变着身边的环境，星空很快亮起变成明亮的蓝色，云彩似乎就在头顶上冒出来，且迟迟不肯远去，任由耀眼的太阳把它们的影子清晰地投射到地面上。远处传来海浪的声音，隐约还能听到一些海鸟的叫声，地面也变得起伏不平，身边开始出现很多她说不出名字的热带植物，且都长得很高。

没过一会儿林辛就结束了在控制台上的操作，他转身拉起琳的手说道："接下来的事情就需要我们两个一起来做了。不过在这之前我需要教你用这个控制台帮我弄一把刀出来。"

IVE控制台背后的环境插件其实是一个很棒的联合检索系统。从逻辑上讲，如果一个东西能从互联网上搜索到几张不同角度的图片就能自动完成3D建模，而且随着图片数量的增加，建模的精度也会提高，附加的材质系统也能尝试从网络上获取一些需要的信息。在整个建模的过程中操作者只需要回答一些系统提出的疑问就可以了，基本上不需要手动干预。

过了一会儿琳就作出了一把弯刀。林辛操起来掂了掂，然后说："这把刀大概有500克重吧。重量刚刚好，但可以试着把这把刀的重心再往刀头移动一些，在IVE里不用刻意遵循物理世界的法则。刀的刀刃一般是碳钢做的，但你可以设置成'刚体'，然后直接设置重心的位置就行了。"他在琳的操作台上对弯刀作了些修改，现在它的更多重量集中在刀头，且刀刃是永远不会损坏的了。

看着琳完全掌握了控制台的用法之后，林辛让琳隔开几米，然后他在前面开路。琳非常喜欢沿路这种颜色鲜艳的画面，清澈的空气也让感官变得更加敏锐。她似乎已经能闻到随着海风传来的腥味了。由于沿路是条下坡，走起来倒也省力。路边的植物很浓密，虽然实际上不可能闻到味道，但琳却似乎能感到青草被切开之后特有的涩味在鼻腔里飘荡。她知道这正是联觉在发挥作用。眼前出现的基本上都是一人多高的草，琳只能偶尔透过它们之间的空隙看到远处的风景。这风景告诉琳他们正在朝海边走。

过了一会儿两人来到一片开阔的沙滩上。林辛停了下来："啊……没想到会是这个样子。"他望着沙滩上不远处的一个草棚挠挠头，看来他很不满意那个草棚的样子。

"怎么了？"琳靠过来问道。

"可能我刚才做东西的时候漏了什么，结果就给我弄出这么一个玩意儿。"林辛摊手表示无奈。要说这个草棚其实也没什么大问题。草棚是由两个平行的三角形加上一根横梁组成的稳定结构，框架上很仔细地覆盖着芭蕉叶之类的挡水物，出入口就是两端的三角形。

"质量很好，但功能错了。谁说要住在这里面了，我只是想吹吹海风来着……"林辛小声嘀咕着，"那句老话说得好……"

"'宁停三分不抢一秒'，对吧？"琳接下林辛的下半句。

"这句话是我很早以前听到的，看来你真的记得很久以前的事情。"林辛有些惊讶，琳继承的记忆比他设想的要多出很多。

琳摆出一张得意的笑脸："我其实知道不少你小时候的事

情，要不要考考我？"

"不用了，不用了！"林辛可不想翻出那些糗事。他自己都恨不得忘得越干净越好。他慌慌张张地转过身去看着那个草棚，然后开始琢磨怎么对它作些修改。

"如果能把靠海的这一边抬到空中变成一个平顶的棚子，这就是一个很好的海景凉亭了。"林辛比画着。琳看了一会儿，指着作为草棚入口的三角形说："我们在它们边上再搭一个倒着的三角形就行了，不过需要找找材料。"

"来的路上有一片竹林，我们去弄几根来。用放松的心情吹到海风，这种感觉是这次体验的重点。"林辛拉着琳沿来路往回走 。快到竹林的时候他看到路上有一些剑麻，"正好我们也需要一些绳子"说完他走过去砍下了好几束剑麻叶子，这些一米多长的叶子拿来捆东西很合适。然后他们来到竹林。林辛挑了几根粗细合适的竹子砍了，用剑麻叶子捆好扛到肩上。

回到沙滩之后林辛开始修改草棚。他用两根竹竿代替了之前草棚靠海那边的两根，然后用另两根竹竿把靠海的那片棚壁支了起来。作了些简单的修整之后，他站远两步欣赏了一会儿自己的作品，然后回头叫琳。琳没有回应，她现在坐在棚子旁边拿着几片剑麻叶子低头仔细摆弄着。

"你在弄什么呢？"林辛凑过去问道。

"流苏……"琳边说边仔细地把剑麻叶子分成更细的丝。

她把一束剑麻丝放在弯刀的刀背上，再把另一束剑麻丝绕着刀身缠了好几圈，直到她确认刀背上那束丝不可能乱动为止。接着她把刀背上那束打了个死结，然后很快用打好死结的那些丝编了条细绳。最后她抽动了几下刀身，把刀刃部分的剑麻丝切断。

"喔……"林辛看着琳做的这些事情，不禁感叹道，"同样是用刀，你做的事情和我做的完全就是两个方向啊。"

"你不是常说'工具能做到的事情取决于用它的人'吗？"琳笑道。她对剑麻流苏作了些简单的修饰之后站起来把它拴在草棚的屋檐上。在海风地吹动下，这个小小的流苏很活跃地摆动着。

两人并排在"海景凉亭"里坐下。在平复了一下体力劳动的疲劳之后林辛觉得时机差不多了，他对琳说："现在你坐在这里，能闻到什么？"

琳闭上眼睛，过了一会儿之后说道："一些海沙味，我甚至能从里面隐隐闻到海水的一丝腥味……还有你身上的汗味。"

"这就是我的味道。"林辛说，"我本打算让我们直接就出现在海滩，但又觉得应该先强化一下环境的暗示，好让你心中关于海洋的感觉发酵一段时间；所以让你步行一段时间并且在视觉上和大海隔离开。这样虽然偶尔能看到海，但只是保持住脑中'海'这个概念的暗示而已，等到你实际看到海滩时之前发酵的感觉会一下子被释放出来。这个棚子本应该是我们坐下来看海的地方，结果刚开始那种结构根本没法用，害我不得不临时作了些修改。汗味是意外啦，你不妨认为那是我在实验室干了一天活之后出来的那种味道，要是觉得不好就忘记它吧。"

琳摇摇头，她用力吸了一口气，似乎在品味这种味道："你现在散发出来的这种淡淡的沙土味我很喜欢。觉得就像是大地的味道，让人感觉很踏实。"

林辛听了有些不好意思，他摆摆手把那一丝微妙的羞涩从眼前赶走。接着他对琳说："该你了，让我闻到你的香味吧。"

"其实你已经闻到了，只需要我给出一个提示而已。"琳站起来从屋檐上解下那个流苏放到林辛的手中，"闻闻看。"

林辛把流苏凑到鼻子跟前闻了闻："本应该很浓的青草味在被海风吹了这么半天之后已经很淡了，是一种很清爽的草香，就像在一个晴朗的夏天睡在树荫里的草地上的那种。我喜欢这种味道。"

琳笑了，看来她很满意林辛对气味作出的描述。

林辛看着琳的笑脸，突然意识到了什么，问道："难道那些剑麻是你……？"

"不光是剑麻哦。"琳这下彻底放开了，她捂着肚子笑个不停，"其实那个不合格的草棚，沿路的竹林，都是在你埋头开路的时候做的。"

"厉害……"林辛脸上满是惊喜，"你连我的行动都计算好了吗？"

"刚才是谁教我的来着？'你的反应其实也是画卷的一部分'，我只是现学现卖而已。"琳得意地说。

刚才还只是隐隐存在的清香，现在借由情绪的波动一下子变得浓郁起来，心中的惊喜让林辛觉得眼前的女人愈发漂亮了。这个漂亮的女人现在用两手把那个流苏郑重地放到林辛的手心，并轻轻地把他的手合拢，对他说："这个味道现在是你的了。"

第九章　世界可大可小

　　林辛不明白，前一秒还坐在一起笑得很开心，下一秒就被琳从IVE的世界里赶了出来。

　　"女人心里到底是怎么想的啊……"林辛一边脱连体衣一边嘀咕着。刚才在沙滩上琳的脸色突然由晴转阴，然后就不说话了，不管对她说什么都不搭茬。无奈之下林辛只好作罢，悻悻地退出了IVE。

　　在他刚把连体衣的线缆拔下来时，手表上的报时提醒响了。林辛这时才想起他进入IVE的本来目的：观察琳，从而设计出避免琳接管身体的方法，最差的情况也需要能作出预警。

　　现在看来作出预警没什么用，因为从产生"爱情脑波"到琳接管身体之间的时间非常短。即便能对他人发出警示也很难说会有什么用。避免琳接管身体需要避免产生"爱情脑波"，准确

137

地说，是针对梅的"爱情脑波"。从现有的技术看这个不太可能，因为就算是能对提取出来的脑波数据进行修改，也无法再输入到活人的脑子里去。原因正如林辛无法作出NSI式的虚拟现实体验一样，目前没有能做出这种数据交换的硬件接口，即使有，林辛也无法接受"篡改思想"这种行为本身的存在。

从一般文件操作的逻辑考虑，篡改他人的思想其实是将一个思想变成了另外一个，更进一步其实可以拆解成两个行为：删除原本的思想以及写入新的思想。拥有自由意志是保持人格独立的必要条件之一，所以这两个行为中的任何一个在伦理上都是无法接受的。更进一步说，"删除思想"和"杀人"无异，而"写入思想"和"造人"无异。林辛这次可以说是在开始考虑实施方案之前就否决了这个方向。不管怎么说，还是得按照手表的提醒给梅报个信。正当林辛打算这么做时却突然愣住了，因为他现在才意识到自己在过去的一天里出轨了。

一种微妙的负罪感席卷了林辛，这种感觉是他第一次体会到。对他来说"出轨"是个很陌生的概念，因为他一直都只有梅这么一个女朋友，也从来没有对其他女人动心过；但在遇见琳之后，一切就这样发生了。他是爱梅的，他自己对此深信不疑，即使是在这已经和琳见面之后，现在的他也如此坚信着。这种坚持与忏悔的冲撞让他觉得难受，他甚至能觉得自己的胃在疼。他颓然地跌坐在沙发里。

面对在一夜之间忘记梅的自己，林辛有发自心底的厌恶。琳就像是梅的完美版本。由于琳继承了林辛相当多的经历、知识和思想，而且还拥有完美的外形，所以在沟通契合度还有吸引力上都是远远超过梅的。林辛正是在被这种完美震撼之后一时间完全忘记了梅的存在。

　　回到实验室，林辛得以和琳拉开距离，这使他得到了重新审视与琳的关系的机会。即使是在意识到自己出轨事实的现在，他也觉得无法找出让自己满意的应对之道。他既无法允许自己背叛梅，所以认为离开或者欺瞒都做不到，同时他也无法抹消或者无视琳的存在。这应该是他第一次碰到一个问题却束手无策。

　　有一点是林辛能做到的，就是让信息对称起来。无论什么时候，信息的顺畅流通都是获得对世界的正确认知进而得到正确答案的前提。只有各方都能在同一个事实的基础上展开讨论，才有可能对这个事实带来的问题给出正确的解答。既然自己一时找不到解答，就只有努力朝"有可能得到解答"前进。对目前的情况了解最少的人就是梅；所以虽然觉得可能会让梅伤心，但林辛依然决定对梅如实说明目前的情况。作出这个决定的时候已快到半夜，但林辛决定不再耽误时间。

　　"我只能做到我能做到的事情。"林辛想着，"就算你会骂我也无所谓……"

　　刚想到这里林辛就意识到坏事了——爱情脑波！但已经来

不及了，他脑中的琳已经控制了他的身体。琳（虽然是林辛的身体，但确实是琳）从沙发上站起来，走到实验室窗户旁边的控制器那里研究了一下，把这扇窗户变成了一面镜子。她凑近镜面，仔细观察林辛的脸。过了一会儿她后退几步，斟酌了一会儿之后用压低了的嗓音说："你来了。"

可能是觉得不太满意，她清了清嗓子，重新说了好几次。她的声音和语调越来越像林辛，在更多次地练习之后，琳已经能发出和林辛一样的声音了。然后她开始在镜子前练习走路、坐下、站起之类的动作。这个的难度比控制声音要稍微高一些，但琳凭着自己掌握的记忆，还是在不长的时间里就完成了对林辛的模仿。

练习完成之后琳来到IVE装置旁边，一边等着手表发出提醒一边研究这个装置的用法。由于无法开门出去，她决定把梅弄到实验室里来。

梅已经在焦急中等了整整一天。随着林辛失去联系的次数越来越多，梅的担心也越来越多。正当她决定无视和林辛的约定直接拨通他的电话时手机响了，是林辛打来的。

"林辛？！"梅抓起手机问道。

"嗯，这次好像晕了挺久。"电话里是琳，但用的是林辛的声音，"总算有进展了，那个人格我终于分离出来了。"

"是吗？那太好了！"梅高兴地说道，"那我们可以回家了吧！"

琳说："暂时还不行……虽然确实把那个人格分离出来了，但我的脑子里是什么情况还需要观察观察。她说想要见见你。"

"她？"梅没跟上这句。

"就是那个人格，她说想要见见你。我觉得虽然听起来不可思议，但好歹这个人格也曾经在我的脑子里生活了那么久，你不妨听听她想说什么。"琳说。

"……现在？"梅觉得电话里的林辛等的就是她的这个答复。

"对，你马上过来。"

"好，你等我。"梅挂掉了电话。

40分钟后梅来到Prophetech，进到大堂之后她正好撞上加完班准备回家的Paul，于是赶紧拉住他。

"林辛让你去找他？"Paul听完苦笑了一下，"我真是越来越搞不懂这小子了。"

"他……又做怪事了？"梅小心地问道。林辛之前在这里时就没少闯祸，梅已经替林辛向Paul赔过好多次不是了。

"嗯，这次是最怪的一回。"Paul耸耸肩，"我送你上去吧，反正你没有这里的ID。"

两人来到实验室门前，Paul按下门边的对讲按钮："林辛，把门打开，梅过来了。"

但过了好一会儿都没有答复。

141

“应该又……”梅估计林辛又晕过去了。

“又饿晕了吧。”Paul说道，他又呼叫了几次。

“饿晕？”梅没料到会是听到这个解释。

“这小子前天晚上饿晕过一次，但我看他没有解释的意思也就不好继续问下去。自从上次跟他吵翻天之后，我已经不敢管太多了。”Paul示意梅留在这里，然后转身往电梯走，“我去管理中心把实验室的门打开，你去旁边的贩卖机那里买些吃的给他带进去吧，这会儿食堂早关了。这里所有的对讲机都能直接跟我的办公室通话，有事情就叫我。我会再待半个小时才离开。”

“谢谢。”梅对Paul点点头。

过了一会儿梅捧着一堆面包和果汁来到了林辛的身旁，但他还是昏睡着。

“天啊，你怎么瘦了这么多。”梅看着沙发上的林辛心疼极了，她轻轻把林辛摇醒。

“啊，你来了。”沙发上睁开眼睛的是琳，但她没有立刻起身，就躺在梅的旁边看着她。这是琳和梅第二次见面，琳决定不急着做出动作，而是先观察一下梅。现在梅已经进到了实验室里，计划已经成功了一半。

梅把琳扶起来，帮她打开一瓶果汁，然后送到她的嘴边。琳犹豫了一下，轻轻推开果汁，说：“我不渴，刚才只是累了歇一会儿。我叫你过来是为了让你见见那个人，跟我来。”

琳把梅领到IVE装置前，对她解释了一下这个东西的用法。琳说："我已经和她见过一面了，现在她想要见你，所以就辛苦你一下吧。我会从那边的屏幕里看着你的。"

梅点点头。琳帮她穿上连体衣。由于之前林辛穿过，所以需要对尺寸作些调整。林辛在设计连体衣的时候大量使用了魔术贴，所以调整的过程很方便。在穿戴整齐后琳启动了IVE，梅来到了之前林辛所在的世界。梅见识过很多林辛的作品，按说早就见怪不怪了，但这套IVE能做到的事情还是让她惊叹不已。她现在站在一片沙滩上，眼前的景致和真实无二。更让她惊讶的是现在站在她眼前的这个女人，美得实在是有些不真实了。

"你好……"梅谨慎地打了个招呼。

琳淡淡地笑道："不用这么拘谨，我们不是第一次见面了。"

"不是第一次见面？"梅听了这句话之后打了个激灵，"那天晚上开车撞我的是你？！"

"是。"琳点头承认，"我觉得有必要跟你说明那不是林辛的行为。"

梅往后退了一小步，她说："你找我来就是为了说这个？"

"当然不是，我甚至不觉得有必要向你道歉，因为如果我们交换立场你也可能作出同样的事情。我带着对你的嫉妒醒来，会作出那种事情实在是再正常不过了。不过现在想来我也十分庆幸当时没有撞上你。"

"你能这么想就好。"梅松了一口气，但她已经能断定眼前的这个女人把自己当成情敌了。

琳转过身开始沿着沙滩走，她示意梅也跟上。

"我对你们那个世界的事情还不是百分之百清楚，所以才想问问你，或者说问一些只有你才能回答的问题。"琳没有看梅，她只是漫不经心地行走在沙滩上。

"……"梅没有接茬，她不清楚琳接下来想问什么。

"你有多爱他？"琳问出这个问题的时候没有什么停顿，连语调也没有什么变化。

"多爱？这个……"梅被这么直接的问题给惊了一下，但她决定不在情敌前示弱，"非常爱，我想他也会这样回答你的这个问题。"

"爱到会为他杀人吗？"琳的语调还是没什么变化，但这次她是回头看着梅问的。

连续两个问题都出乎预料，但梅还是决定保持强硬。于是她尽可能平静地回答道："会。"

"为什么？"琳继续追问了一句。

"我爱他，所以保护他就是保护我自己。"对琳的这个追问梅倒没有觉得意外。

琳停了下来，她似乎得到了满意的答复。"很好呀。果然林辛喜欢的人就应该是这个样子的。"琳边说边走到梅的身边，然后她把一样东西放到梅的手里，是那把弯刀。

"这是？"梅看清楚自己手里的东西之后吓得抖了一下。

"刀啊，"琳还是那么平静，她对梅说，"我也希望你能做到你刚才说的事情。"她边说边把刀柄塞到梅的手里，然后捏着梅的手把刀架在自己的脖子上。

梅已经惊讶得说不出话来，她只能努力试着把自己的手抽回来，但琳的力气不小，梅的手被她捏得死死的。

"我已经爱上他了，虽然这不是他的本意。他也爱上了我，虽然这也不是我的本意。如果我们两个都活着，他会陷入无尽的痛苦，所以我希望你杀了我。"琳说这番话的时候直视着梅的眼睛。

梅根本无法回避琳的视线，因为琳在用眼神明确无误地传达着"我是认真的，杀了我"的信息。

"我在你们的世界里其实并不存在，不用担心什么。杀了我你没有任何损失，动手吧！"琳催促道。可就连这催促语气也很平静，和逛街之前催好朋友快点出门没什么区别。

难道刚才琳说"十分庆幸当时没有撞上你"是这个意思？想到这里梅的额头上已经出现细密的汗点了，她又挣扎了几下，但琳丝毫没有让她把手抽回去的意思。梅急了，她的声音也不由得大起来："我不要！你放手啊！"

就在梅使劲挣扎的时候，琳一直都平静地观察着她。过了一会儿琳轻叹一口气，松开了手。梅一下没站稳摔倒在地，手中的弯刀也飞了出去。她急促地喘着气，用左手揉着被捏疼了的右腕。

"你刚才不是口口声声说你能做到吗？结果却连一个不存在的人都杀不了？"琳俯视着坐在沙滩上的梅，她的语气里全是失望。

"为什么……"梅的声音现在甚至都有点颤抖，"为什么对这种事情你还能毫不在乎？你对生存没有概念的吗？"

琳摇摇头："相反，我存在的目的之一就是为了活下去。只不过在我的世界里，'诞生'与'死亡'是再平常不过的事情，我们在意识的海洋中拼命求存，为了让自己能多活一秒可以不择手段，你们历史中的欺骗和计谋正是我们生存竞争的结果。为了让自己能活下去，我们甚至会千方百计地杀死其他人格的宿主。相对来说，你能毫不犹豫地杀死别人也就意味着别人可以毫不犹豫地杀死你。在我们的世界生存，这是最起码的觉悟。"

接下来琳话锋一转："单纯的生存并不是我们存在的主要目的。虽然生存确实重要，但消极的一味确保生存却会让我变质——也就是说我不再是我。对你来说可能很难理解——毕竟只要身体不变，你就还是你。我没有身体，能证明我存在的只有我的思想，一旦思想变质，我就变成另一个存在了，所以保证思想的延续性才是我们存在的根本目的。就算宿主林辛消亡，只要我的思想还在，就算是存在于别人的脑海中，我就会继续存在下去。只不过那些组成我的思想很可能已经被分散到好几个人的脑子里去了。"

看梅有些能跟上了，琳继续说："你不用觉得有什么负罪感，毕竟你无法用刀杀死一堆'思想'，只不过是消除了我的完整性而已。这种消除对林辛是一种巨大的解脱，他不需要再为了我而痛苦和内疚了。"

"那也不用做到这种程度吧，一定会有什么办法……"梅说道，虽然理解了琳的目的，但她还是无法接受这么直白的"消除"方式。

"你以为我没有想过吗？我之所以选择这样看来粗暴的做法，就是因为林辛需要能做到这种事情的你啊。就算杀掉了我，林辛的脑海里还有一个，就算那个我也被杀掉，未来也会有另一个我出现——林辛脑海里的环境几乎就是为了我的诞生而特制的。林辛他根本下不了手来消除我，就像他现在完全不可能动手删除我一样，即便他完全清楚这个我只是一份数据，只是一个拷贝。我需要林辛的身边有人能毫不犹豫地作这样的'消除'，这样是为他好。你这种不愿意直面事实的拒绝，只是为了满足自己的伪善罢了。"琳的失望愈发多了。

也许是被琳对将来的描述打动了，梅从沙滩上站起身，然后转身从不远处捡起那把弯刀，她走到琳的面前。

"这就对了。我依然会存在下去，只不过不再是这个样子了而已。动手吧。"琳对梅说。

梅看着琳，她觉得自己的手心已经湿透了。过了好一会儿，梅终于还是放弃了，她颓然地低下头，任手中的弯刀掉到地上。

琳的脸色现在彻底阴沉下来了："果然还是不行吗？你这样只会为我们留下无尽的痛苦。你的软弱实在让人觉得恶心。"

梅愣了一下，但很快就发现不对劲了，她的身体无法活动了！琳锁定了躯体引擎中梅的动作，由于和IVE的联动的关系，梅身上的连体衣现在变成了一副人形枷锁把梅牢牢嵌在里面。

"你要干什么？！"梅大声喊道。

"这个问题你应该问你自己。"琳一边在IVE的控制台上操作一边对梅说，"也许我们的世界都很大，但现在只容得下两个人了。哪怕是强迫，我也要让你走出这一步。"

第十章　未知空间

Paul本想在办公室里坐下歇一会儿，结果屁股一碰到沙发就睡着了。等他一个激灵醒过来的时候半小时已经过去了，他赶紧爬起来到桌前按下林辛实验室的对讲按钮问那边的情况。

得到的答复只有林辛的两个字："很好。"

"反正也看不到里面，那两口子想干什么就随他们去吧。"Paul叹了口气之后朝电梯走去。既然答话的是本以为饿晕了的林辛，那Paul觉得也没什么需要再担心的了。Paul不可能知道，刚才答复他的是琳。真正的林辛现在身处的地方，他更是怎么也不可能想到的。

林辛在一片黑暗中睁开眼睛，但他很快就发现自己的眼睛什么也没看见。也许是灯被关掉了，他试着挪动了一下手脚，觉得它们都还在自己身上，但却没有实感，身体就像是浮在空气中一样没有接触到任何东西。不仅是"任何东西"，他试着握拳但发现没有"握紧"的感觉，他甚至连自己的身体也接触不到。这种感觉应该类似于自己的整个身体被"切除"了，却没有感觉到幻痛[1]（因为他现在没有"痛"感）。眼前的黑暗还有完全脱离重力的感觉激起了他心中本能的恐惧，他大叫一声："有人吗？"他没有听到任何声音，甚至连自己刚才发出的声音都没有听到，就像在漆黑的宇宙中一样，身边只有无尽的沉默。

林辛本想试试之前Nina教他的一些分辨梦境的方法，比如屏气呼吸[2]之类的，但现在他发现根本无法将任何心中的想法付诸行动，他和身体失去了联系。这种完全无法和任何梦境匹配的感受让他只能判定自己处在最尴尬的状况下，他的身体被夺走了，他正以意识的形态漂浮在自己的脑海里。和以往被夺取身体之后就失去意识不同，这次他还醒着。这种彻底失去控制的感觉让他只觉得心中一股无名火起，但任凭他如何愤怒也无法挪动自己的"身体"分毫，他甚至连挣扎都做不到。

---

[1] 幻痛（phantom pain）指人在被截肢或者被摘除脏器之后依然能感觉得到来自已经不存在的肢体或者器官的疼痛。

[2] 屏气呼吸是识别虚假清醒（false awakening）的一种方法，由于梦境和身体的实际状况并不关联，所以在梦中即使是捂住口鼻也能正常呼吸。

顾不上自己已经听不见任何声音，他使尽全部的力气大吼一声："你要干什么？！"

"你要干什么？！"梅从牙缝里挤出这句。在IVE沙滩上的连番地挣扎已经让她有些喘不上气，但被固定住的连体衣没有丝毫的松动。

"给你一个选择的机会。"琳一边操作控制台一边说，"很多时候你并不知道你需要什么，所以需要有人从后面推一把。"

梅觉得自己的右手被掰到了胸前，一把新的弯刀出现在她的手中。

琳关掉控制台，她走到梅的脚边捡起之前掉到地上的弯刀，然后转身迈出一步。

梅正觉得心头一冷，一阵寒风已经从她领口划过。

琳用极其精准的手法在梅的脖子上划开了一道血印。

"你可以选择放弃，但我不会放你离开。"琳用手指抹去刀刃上的血迹，"你在这个虚拟的世界中不可能得到真正的食物和水，所以最多也就能坚持两三天的样子。我大可以直接控制连体衣让你挥舞这把刀，但还是让你自己动手最好。"

极度的恐怖使梅觉得自己头上的汗滴都快要结冰了。这时她猛然意识到自己从一开始就掉进了琳的圈套："外面控制林辛身体的其实是你对不对？"

"没错。由于我没有开门的密码，本打算会费些功夫，但没想到这么容易就把你弄进来了。"琳将刀插回腰间的刀鞘，然后操作控制台解除了梅的束缚。她说："我锁定了你的登录状态，在系统判断你登出之前，你不可能脱下连体衣。也就是说除非你解除这个手环的权限，否则你是不可能离开这里的。

"解除这个手环权限的唯一方法就是杀了我，系统在检测到躯体死亡后会回收上面所有的资源，和手环对应的强制设定也会被还原。"琳一边说一边将手环在梅的眼前晃了晃。

梅没有看手环，她盯着琳问道："为什么你一定要做到这个地步？"

"因为我和你一样爱他。"琳说完这句话就转身朝沙滩后面的草丛走去。

梅看着琳的身影在一人多高的草丛中消失之后试着活动了一下手臂，在确认身体能动了之后几乎像是触电一样把弯刀扔得老远。她一下子瘫坐在沙滩上，空白的脑海中只剩下一个名字在不停地回响："林辛"。

林辛在一片黑暗中挣扎了许久终于放弃，他闭上已经看不见东西的双眼，开始琢磨现在的局面，但无论他怎么琢磨都是个死局。由于感觉是知觉①的直接基础，所以在感觉完全失效的情况下，根本不可能获得对局面的认识，也就无从思考对策。就在这死局当中，他忽然隐约听见有人在说话。很远很模糊的声音，但林辛还是辨认出来了：是琳！

林辛在反复确认了几次不是幻听之后一阵狂喜，他忍不住笑了出来（但还是听不到自己的声音），看来琳的封锁没有他想象中那么彻底。其实这个转机在林辛发现自己依然清醒的时候就已经存在了，他并没有失去思考的能力。能让大脑在本应该睡去的情况下依然保持清醒的原因只有一个，即便是在数据采集完毕之后，林辛也一直没有关闭MEG-II装置的全脑扫描（FBS）。由于不间断地扫描使得林辛的大脑一直处于兴奋状态，也就无意中规避了失去意识的危险。这个无意间的"操作失误"却使得他在被夺取了身体之后依然保持着可贵的清醒。这种清醒使得林辛得以获得以前从来没有过的体验——他听见了琳的心声。

虽说是意外的发现，但他现在总算知道琳是生活在怎样的环境中了。Nina说过，林辛脑中的第二人格"一直都醒着"，现在林辛的状态正是"醒着的第二人格"。既然以前琳在醒着的

---

① 知觉（perception）是指在感官信号（即感觉）的基础上建立的对环境的整体认知，可以认为是实际环境在人脑中的"模型"。一般情况下多将感觉和知觉合称"感知"。

时候林辛无法察觉，那么现在林辛醒着琳应该也无法察觉。更重要的是：既然以前琳能在"爱情脑波"的触发下强行控制林辛的身体，那么林辛应该也能在特定的条件下夺回身体的控制权。胜利是需要理论基础的，而林辛现在总算在这漆黑中抓住了一根"稻草"。

　　林辛静下心来尝试听清楚琳正在心中说的话，但发现这不可能，琳的声音始终就像是隔着一堵厚厚的石墙一般，声音很小且很模糊。恐怕这就是以前琳无法偷听到林辛设定的各种密码的原因。琳能从这样模糊的声音中听出我对梅的关心，那么我也一定能听出些什么。抱着这样的决心，林辛将自己全部的注意力都集中在听觉上。很快他就发现自己在这方面的能力还不如婴儿[①]。可能常年略微有些自闭的生活方式，使得他在倾听语言的时候更多从语义方面去理解对方想要传达的意思，而对语调之类的细微变化没那么敏感，这一点他也承认梅比他做得要好很多。至于琳——她恐怕做得比梅还要好。

　　在没有工具支持的情况下进行情感韵律的分析，甚至连根录音笔都没有，林辛现在能依靠的只有自己的思维了。他在心中尝试用各种情绪说出相同的一句话："飞快的棕色狐狸跳过那只

[①] 7个月大的婴儿已经可以识别语言中的情绪信息，而且从脑波分析上看其能力与成人很接近。

懒狗①"，并尝试识别它们之间的差异。这个过程并不顺利，他发现很难对自己说出的话进行局部的分析，尤其是在耳朵听不见的情况下。他只能继续尝试，因为这是他手中唯一的机会。

在没有感觉的情况下也无法产生对时间的准确认知，林辛无法知晓自己用了多久才算听出头绪，长时间保持注意力集中使得他非常疲劳。现在他已经能通过重音、语速与节奏勉强判断出一些强烈的情绪了：比如愤怒、悲伤和快乐，但让他觉得沮丧的是这些情绪都无法从琳的声音中听出来，她的情绪甚至没在林辛尝试过的例子中出现过。由于找到了可能的突破口而平复下来的心情现在又焦虑起来，林辛不知道琳正在用他的身体做什么，而他却什么也改变不了。

IVE天空里的太阳虽然耀眼，却并不会真的带来炎热。焦虑的心情还是开始在梅的心中发酵——她渴了。由于到达Prophetech的时候已近午夜，梅的肚子里本来就没多少存货，现在在这片沙滩上呆坐了好几个小时之后，她已经能切实感觉到琳对她施加的压力。如果她什么也不做，恐怕真的会因为饥渴而死

---

① "The quick brown fox jumps over the lazy dog"，这句英文包含了全部26个英文字母，常用来对字体的效果进行测试。林辛选这一句作为情感韵律的样句，是因为它在语义上是中立的。

在这片并不存在的沙滩上。

"先不说是不是盐水，就连水也不算吧……"梅一边这样说着一边抱着尝试的心态走到海中捧起一些水，很清凉。当她尝试将水捧进嘴里的时候，却只感觉到一阵凉风拂过嘴唇。虽然看起来很美，但这个世界其实是一片货真价实的荒漠。心头掠过的一阵恐慌驱使梅用手去抓自己的脖子，那里应该有魔术贴用来固定连体衣的前襟。在猛一用力之后魔术贴确实已经被拉开了，但连体衣本身却丝毫没有松开的意思，支撑复合形状所提供的动力远远超出梅的体能。虽然摸上去确实跟自己的身体一般柔软，但想要靠自己的蛮力解开是不可能的。

"混蛋啊你！"梅用力捶打着水面。溅起的水花扑到她的脸上，这清凉的感觉是如此真实，但现在却只能带来死亡的警告。现在梅只能直面琳留给她的选择了。她回到沙滩上找到了刚才被扔掉的弯刀，犹豫了一下之后把它捡了起来。

"不管能到哪一步，先找到她再说吧。"梅迈开步子朝着草丛走去。在进入草丛之前，她回头看了一眼海滩，用只能让自己听见的声音说："林辛，如果你能来，要赶紧呀。"

一人多高的草丛让梅的前进非常不顺利，她只能用蛮力挥舞着弯刀开路。视线受阻带来的挫败感以及剧烈的体能消耗让她觉得更加饥渴难耐，但她只能前进。沙滩上的丝丝凉风已经彻底感觉不到了，梅现在只能感觉到在这青草的牢笼中传来的阵阵热浪，她觉得自己身上已经湿透了，事实上也确实是湿透了。这种潮湿与黏滞的感觉让她觉得一阵反胃。由于肚子里已经空空如也，她只是干呕了几下，把自己呛出了不少眼泪。已经前进了这么久竟然还没有走出这片草丛，梅下意识地回头打算看看来路。让她心头一沉的是来路上那些本应该被砍断的草现在竟然已经长回来了！她回头用弯刀猛地砍开一大片草，但过了不一会儿它们就长回到最初的高度。琳在利用这片草丛尽可能消耗梅的体能。梅在前进时消耗体能的速度恐怕是在真实环境中的好几倍。现在回头已经不可能了，梅在心里给自己鼓了鼓劲，继续往前。

　　不知道砍了多久，梅只觉得一刀挥空了，她来到了一条碎石路上。这是一条上坡，梅觉得如果往下走应该会回到海滩上，于是决定顺着路往上走。由于体能已经有些跟不上，梅只觉得每一步都像是拖着铅块在走，肉体上的剧痛撕扯着她的神经，让她本来敏感的心慢慢麻木下来，她现在只想往前。

　　在黑暗的脑海中漂浮着的林辛再次闭上了眼睛，他还是无法解读琳的声音，目前为止所有的努力都宣告失败。他想象自己展开四肢躺在地上。虽然这种想象没什么结果，但他需要让自己放松一下，现在他恐怕只能等待琳归还身体了。在意识到这点后，他嘿嘿笑了起来，之前还说自己失去身体就跟死了一样，那现在岂不就是活死人了？本以为自己能淡然面对与琳共享一个身体这个现实，但现实却往往用残酷的真相把你心中的天真捅出个血窟窿。

　　"你确实不是寄生虫，我们确实是平等的。我现在终于能站在你的角度观察世界了，但这个世界实在太糟糕了……"林辛一边嘲笑着自己的天真和无知，一边强迫自己睁开眼睛。

　　现在这无边的黑暗终于让林辛冷静下来了，这次是别无选择，他只能冷静。很快他就注意到了这片黑暗的一个最大的特点：安静，太安静了。

　　林辛想起了琳之前说过的那句话，"拥有物质基础的人格是不会轻易消亡的，拥有身体的控制权之后，我的'成分'也迅速稳定下来"。以身体为基础的人格是无法与纯粹的弥姆组成的人格进行信息交换的，正如林辛从来没有觉得脑中响成一片一样，在拥有身体控制权的人格的感知中，弥姆人格是不存在的。琳在和林辛见面之后脸色由晴转阴的原因恐怕也是在于此。由于拥有了身体的控制权，琳已经从弥姆人格变成了基因人格。如果她继续生活在林辛的脑海中，她将不得不面对这样的孤独，这种死亡一般的孤独，一直到死亡真正降临到她身上。想要摆脱这种困境她只能……

　　"天啊……"林辛只觉得倒抽一口冷气。

　　"简！"梅对眼前突然出现的人惊讶不已，她本来是埋头沿着碎石路往上走，但在视野一瞬间的模糊之后，简出现在了她的面前。

"你不是已经……怎么会？"梅倒没有那种"见到鬼了"一样的感觉，她现在只是单纯地觉得不可思议而已。

眼前的简并没有回答她，只是默默拉起她的手，带着她往前走。

"慢点儿……我真的没办法走这么快……"梅觉得想要跟上简的步伐几乎会把自己的双腿都撕裂了。

简丝毫没有停步的意思。她径自往前走着，且还问了一个梅很熟悉的问题：

"阿梅，幸福是什么？"

梅咬牙跟上几步，回答道："我不知道，但我知道世界上的每个人都在找它。"

"好难找是吧？"

"如果更容易一些，我们就不会这么痛苦了吧。"

听到梅的这个答复，简突然站住了。梅没能刹住，撞在简的背上。

简没有回头，她说道："我已经不再痛苦了。"

"简……"梅听到这里只觉得心里一酸，她抬起头朝好友望去。

简也回过头，但梅却没有看到她想看到的脸庞。本应该是简的脸的地方，现在是一张男性的脸。梅吓得猛地把手抽回来，等她重新正视那张脸的时候发现他又变成了另一个男人，这让人心悸的变化还在继续，似乎梅每眨一下眼那张脸就会变一次。

那个"男人"用不停变化的脸凝视着梅，然后放声大笑起来，那笑声越来越尖细，直到变成简的声音，然后慢慢淡去，一同淡去的还有他的身体。

"阿尼玛斯……"梅就这样呆站在原地，死命盯着刚才好友所在的那片空间。

林辛曾经对她提起过，"阿尼玛斯"是女人无意识中的男性形象，是她们着迷的男性特征的抽象①。当时林辛只是为了回答"为什么有些女孩子就是容易犯花痴"这个问题，结果还没说两句梅就撇撇嘴说林辛在掉书袋子，但现在竟然亲眼见到阿尼玛斯了。

"既然你找到了心中的阿尼玛斯，那你确实是幸福了……"梅喃喃自语着，但很快她就意识到这个阿尼玛斯代表着什么了！

"难道……'剑'就是你的阿尼玛斯……"梅只觉得自己的心在一瞬间都冷透了，"你真的爱上了一个不存在的男

---

① 该说法来自卡尔·荣格（Carl Gustav Jung）的分析心理学理论。和阿尼玛斯（Animus）相对，男性无意识中的女性形象被称作"阿尼玛（Anima）"，且和女性心中往往同时复数存在的阿尼玛斯不同，男性心中的阿尼玛往往只有一个。

人……”

　　“阿简，你一直都在努力追求心中的幸福，现在你终于找
到了，恐怕没有任何人能让你放手吧。在那最后的一个月你想必
是无比幸福的，幸福到了我们的生活已经无法挽留你的程度。所
以你才作出了那样的选择，因为你已经别无选择。我是多么无能
啊，无法用我们的友谊来挽留你。这个现实是多么无能，让你只
能在自己心中挖掘幸福。”

　　“简……”

　　梅的眼泪夺眶而出。她发现自己倒在碎石路上，刚才看到
的一切只是自己的幻觉，唯一真实的只有自己脸上的泪水。

第十一章 选择

　　林辛的实验室里现在很安静，除了梅发出的喘息声。为了见到琳，她现在正在IVE的世界里努力往山顶上走。琳就在山顶端坐着，她似乎对身后的海景没有兴趣，只是闭着眼睛等待着。梅从碎石路里走出来的时候已经十分狼狈了，她的衣服在之前被划破了不少口子，头发也凌乱地贴在额头上。她觉得自己几乎已经无法站立，但还是用最后的力气撑到了琳的身边，然后任由自己瘫软在地，用已经嘶哑的喉咙大口喘着气。琳没有睁眼，只是安静地坐着。

　　过了好一会儿梅的喘息终于缓和下来了，琳对梅说："你好友的事情，请不要太难过。"

　　"你知道了？"梅用手遮住眼睛并且把头扭到旁边，她不希望让琳看见自己的表情。

"林辛知道，他的这部分记忆被我继承了，但他不知道具体的原因。"

"你呢？"梅没有回头，她轻声问道。

"从一开始就知道。"琳的声音还是一如既往的平静。

梅没有继续说话，而琳也没有打算继续开口，两人之间是长时间的沉默。

"你就没有什么别的想说的？"梅回过头看着琳问道。

"那是她的选择。"琳还是没有睁眼。

梅没有继续说话，她把视线从琳身上挪开，让自己看着天空。她现在只想让自己单独待一会儿。

林辛发现越着急越没用，甚至本来应该勉强听得见的声音也因为自己焦躁的情绪变得更加模糊了。向来以冷静自诩的自己如今竟然会如此狼狈，林辛都觉得有些鄙视自己了。如果自己的推测是正确的，梅现在的处境就很危险了。到底应该听到哪句话才可能让自己从这黑暗中脱离？林辛现在迫切地想要知道这个问题的答案，他似乎都能听见自己慌乱的心跳声了。

如果之前琳的状态只是一个对林辛来说并不存在的弥姆人格，是林辛的大脑"内存"里的"随机数据"，那到底是什么事情引发了溢出①，使琳获得了身体的控制权？林辛产生"爱情脑波"并不是什么异常的事情，毕竟他和梅的关系已经发展这么久了，如果会出问题早就出问题了。现在应该考虑的是"爱情脑波"对琳产生了什么影响，或者把这个问题往前再推一步：琳在感觉到我对梅的关心的时候是怎样的心情？

是嫉妒，强烈的嫉妒。"因为我不喜欢你这样。"林辛尽可能在心中回忆琳说过的每一句话。"但我不可能嫉妒，这不是我爱的方式"，林辛很清楚自己对爱的诉求，而这种了解只让他觉得泄气。

和琳不同，林辛对爱人没有强烈的占有欲，他更愿意保持在一个适当的距离。虽然偶尔也会深入到对方的内心，但他对这种行为有一种强烈的排斥，就像是穿着脏鞋踏进圣地那样完全不可接受②。林辛想起来梅之前抱怨过很多次的事情，说他在感情上过于理性。在反复好多次争吵之后梅发现林辛是不可改变的，

---

① 指堆栈缓冲区溢出（stack buffer overflow），林辛这里提到的情况是溢出的特殊用法：通过在程序堆栈缓冲区写入刻意设计的过大数据来覆盖掉该程序的返回地址，使得程序顺着错误的返回地址去执行预先准备好的攻击代码。这种攻击方法虽然古老，但直到现在也依然是非常有效的，比如在一个低权限的程序里去让一个高权限的程序溢出，从而获得被攻击程序的高权限。

② 《旧约圣经》的《出埃及记》（Book of Exodus）中，耶和华对摩西说："把你脚上的鞋子脱下来，因为你所站之地是圣地。"

通过保持距离来维护灵魂的独立是林辛爱的方式，林辛并不愿意过分改变自己深爱的灵魂。

"难道这样的爱是一种错误吗？"眼看着唯一已知的可能性就这样被自己否决，林辛痛苦地说道。

他记得自己曾经和梅讨论过这种爱的动机。那是一次冷战结束之后的激烈争吵，争吵的过程林辛记不清了，他只记得最后和梅把战场从客厅搬到了床上，然后用比争吵更激烈的方式和好了。

"其实你只是过于自恋而已。"在和好之后，梅对林辛这样说。

"哦？怎么说？"林辛问道，他低头看着自己怀中的女人。

"所谓不愿意过分改变我，其实也是在避免过分改变你吧。"梅趴在林辛胸口说道。

"嗯……有道理。那你觉得这样好吗？"林辛笑着抓了抓鼻子，继续问梅。

"我不知道你是不是真的保护了你的灵魂，但我觉得随着我慢慢接受你的生存方式，我已经变了很多。"

"避免改变，只是一种态度而已。事实却是我们正在按照我喜欢的节奏融入彼此。虽然这种节奏有些霸道，但我很感谢你为我做的一切。"林辛用自己的方式回应了梅的调侃。

虽然当时并没有明说，但林辛对爱人的态度是"来去自由"；因为留下来的才是真心的，要离开的终究是要离开的，挽留没有任何意义。现在林辛眼前的黑暗却狠狠地嘲讽了一把他的清高，这种态度很可能让他永远被困在这片黑暗中。他需要找到属于自己的钥匙，那把藏在灵魂深处的独一无二的钥匙。林辛的心灵就这样慢慢沉静下来，他觉得自己的注意力正在变得澄澈。在没有身体的现在，在这死亡一般的黑暗中，他终于获得了完美的思考环境，这种环境是拥有身体的时候绝对无法拥有的。

"之前你其实没有打算用那把刀杀我，对吧？"在山顶上吹了一会儿海风之后，梅看琳完全没有跟她说话的意思，决定再次打破平静。

"没有。"

"但你却打算饿死我？"

"是的。"

梅从地上挺起身来，她扭头看着琳，"你从一开始就没打算让我作出什么选择对吧？现在你只是等着我因为生存压力而对你下手。"

琳睁开眼睛，转头正视着梅回答道："这是我的选择。"

"那我的选择呢？你只是在逼我做我不愿意做的事情而已，这样不可能改变我！我绝对不可能变成一个杀人狂！"即便理解了琳所说的"消除"，但梅还是无法接受"杀人"这种形式。

"也许你这次会不情愿，但你终究会做。如果你活下来，那你在将来还是会继续做下去。总有一天你会意识到这种'消除'就跟打扫房间一样理所当然。这终究会是你的选择！"琳低头看着自己眼前的地面。

"林辛一定会来救我的，他也一定会找到更好的方法。"梅努力站了起来，她克制住肠胃传来的一阵难受，努力说道，"你就等着看吧。"

"林辛现在被困在意识深处，没有我的允许是出不来的。"琳看着梅站起来之后闭上了眼睛。

"他创造了你！你却要这样对他吗？！"在听到琳对林辛做的事情之后，梅被琳闭上眼睛的动作给激怒了。

"我正在做的，是我只能做的。"琳没有因为梅突然拔高的声音而动摇。

"为什么你就不能试着寻找别的出路？一定要只剩下两个人？林辛就一定会努力想办法的！"

"林辛确实打算寻找别的出路，他甚至打算找你商量，但那个出路并不存在。"琳摇摇头，继续说道，"他毕竟是个男人，不能怪他……"

"那你跟我这个女人说说看啊。"梅朝着琳走近了一步。

琳睁开眼睛看着梅："你看着我就应该知道我和林辛是什

么关系。我现在问你,你觉得林辛会怎么看我?"

梅在心里其实早就知道这个问题的答案,一个林辛在心中创造出来的女人,还如此美丽,这样的女人还能跟他是什么关系?知道归知道,亲口说出这个问题的答案依然是一个让人痛苦的事情。

"……你是他心中完美的女人。"梅甚至都能感觉到自己握着弯刀的手在用力。

琳摇摇头:"但我却觉得你才是他心中完美的女人。"

琳的这个说法让梅觉得很意外,虽说作为女人她并不像男人那样对其他女人的外表有那么强烈的关注,但她也不得不承认眼前的这个女人美得令人窒息。

"男人很容易被女人的外貌蒙蔽双眼,哪怕是林辛那种已经多少脱离了动物本能的男人。这种注意力是被刻在基因中的,所以我对他并没有什么责备或者鄙视的意思。"琳对梅说道,她顿了一下之后又继续问,"我再问你一次,我是你眼中的那个人吗?"

"……"梅还是没有明白琳的意思。

琳很失望地轻叹一声:"不要被眼睛蒙蔽了你的判断,林辛就是因为这个所以才无法作出决定。"

伴随着琳的叹息,她的身体发出光来,不,应该说是一些事件的全息影像,这些事件被包裹在淡淡的光芒中,有些事件在视觉上相对清晰，但更多的则只是一些模糊的轮廓。随着这些光芒越来越多，琳的身体也开始慢慢失去形状。这些光芒慢慢扩散开来。即便已经完全看不出琳的身形，她也没有停止继续散发出光芒，速度甚至还越来越快。虽然只是淡淡的五颜六色的光，但数量多起来之后也变成了如太阳一般耀眼的白色。两人所在的山头已经容不下那些光了，它们开始往天空和大地散开。梅只觉得自己逐渐被白光包围，过于刺眼的光芒使得她的眼睛已经很难睁开，要不是脚下的大地还在支撑着她的身体，她甚至会觉得自己飘在空中。

琳的声音重新响起："这才是我。我是这些弥姆的集合，这些意识或者观念在漫长的岁月中保留了下来并在林辛的脑海中汇聚，它们慢慢组合起来并由于我对你的嫉妒而觉醒。你和林辛所看到的，只是我选择的一种表象而已。"

"那你到底嫉妒我的什么？如果你是……这样的话？"梅试着把眼睛睁开，但她做不到，哪怕只是睁开一条缝都只会让她觉得眼睛被晃得生疼。

可能是觉得这样谈话有些困难，琳开始把光芒收回，打算再次用女人的姿态出现在梅的眼前。

"林辛觉得我和你算是情敌的关系，所以才觉得不至于没有出路。"天空中的光芒开始汇成好几股，慢慢流回琳的身体。

从梅的角度看去就像是琳的身后长出了天使的翅膀①。

"事实上……"琳对发生在自己身上的美景毫不在意，她抬起头盯着梅说道，"我不光谈不上是他心中完美的女人，其实在这个问题之前，我连女人都算不上。现在你明白了吗？"

梅看着眼前的这个……她现在都不知道该怎么称呼琳了，也许还是用"她"会更符合眼前的情况。梅只觉得事情完全超出了自己的想象，一时竟微张着嘴不知道该说什么。

过了好半天她才想到一个问题："即便如此，你为什么想到要'消除'自己呢？"梅问的时候尽量在回避用"杀死"这两个字。

"如果你爱上了一个男人，爱得死心塌地，觉得一秒钟都无法离开他，但你却没有身体，连想要碰触他都做不到，你会怎样？"

"你……"梅现在开始有些能跟得上琳了，"爱到了这种程度吗？"

"我自己也没有料到，我原本只是一堆观念而已。真可笑是吧？明明连女人都算不上，但却又那么渴望和喜欢的男人在一起……"琳勉强挤出一丝笑容。她的脸色现在看起来似乎苍白了

---

① 高阶天使（比如炽天使和智天使）在绘画中的形象一般拥有一双以上的翅膀，比如四翼或者六翼。

171

许多，也许是说出了心中的症结之后过于放松了的缘故。即便如此，也只是让她看来更加晶莹剔透了，就像是白玉一般。

"你和林辛还是能在这里见面啊……"梅刚说出口就意识到这句话非常不合适，如果琳和自己的立场交换，自己能接受只能在这里和爱人见面吗？于是她把最后一个音生生咽了回去。

琳看出了梅脸上的歉意，她没有打算计较。

"在意识的世界里，我应该还算是成功的。毕竟我依然是我，并没有被意识的洪流吞没或者抛弃，按理说生存的意愿已经是我的一部分了才对。"琳对梅说，"自从我拥有身体之后，一切都变了。我对自己新的存在形式充满了好奇，但也仅仅只有几天时间而已，随之而来的就是死亡一般的痛苦。我不愿意伤害林辛，但我也真的无法再这样下去了……"琳的声音越来越弱，似乎光是要说出这番感受就已经需要忍受心如刀绞的痛苦。

梅看着琳。她虽然无法完全理解眼前的这个女人正在经受怎样的折磨，但她多少能明白琳为什么要作出这番选择了，因为她别无选择。

"因为你无法自杀，所以只好选择让我来做是吧？"梅问道。

"嗯。"

梅想了想，打算最后再问琳一个问题："那林辛脑中的另一个你怎么办？"

"我不知道，你需要想出办法做同样的事情，这是不可避免的，也是为了那一个我着想。"琳答道。

梅长叹一口气，她知道自己已经没有选择了。现在她只想尽量推迟作出选择的时间，于是她走到琳的身边说："我会坚持到最后一刻。虽然这里不是真正的世界，但你现在还是活在这里的……既然活过，就努力活到最后吧。"

琳点点头。

在林辛那空荡的心中，琳的声音正在黑暗中回响，也开始变得清晰起来。虽然听不清楚细节，但由于那句话很简短，林辛得以慢慢尝试在心中对出口型来：

"杀了我吧。"

这句话是如此平静，虽说是要求被杀，但结果其实与自杀无异，而琳的语气里完全听不出一丝一毫的绝望，连悲哀与愤怒都没有。被困在这里的我不可能做到她要求的事情，那琳提出要求的对象只可能是梅。琳现在和梅在一起，且想要梅杀了她。最糟的情况还是发生了，林辛不敢继续再往下想，如果梅下了杀手，琳就得逞了。梅这个人，或者说这个人格将不复存在。

"不要啊！"林辛觉得自己的嗓子都要着火了，他已经完全顾不上自己的状态，他现在只知道自己不能失去梅。

眼前开始出现微弱的光亮，就像是一扇门正在逐渐打开，光正在从门缝中涌进这个黑暗的世界，而林辛则被这光激励着。他死命挣扎，用力嘶喊，他将心中所有的希望都掏出来，投进那光中。燃烧着的希望发出更多的光，直到林辛的全身都被照亮……

他作出了自己的选择。

熟悉的环境逐渐在林辛眼前展开，消失的感觉正慢慢回到身上，林辛甚至能感觉到身体中像刚有电流经过一般一阵发麻。他摆脱了琳的封锁，从黑暗的脑海回到了实验室。当还没缓过劲来时他就被眼前屏幕上的画面吓了一跳，梅正高举着弯刀打算挥下。由于屏幕上的画面是第一人称视角，使得林辛甚至下意识做出了躲闪的动作。刀并没有落下。屏幕上的梅看起来已经严重脱水，皮肤已经失去了光泽，但却依然有一些虚汗挂在额头上。她的呼吸显得十分急促而且似乎连站都快站不住了，眼神也有些发散。

梅的喘息声除了从屏幕的方向传来之外还有另外一个来源。林辛猛一回头才发现被IVE装置吊起来的梅，他马上就明白自己被困住的这段时间琳做了些什么。

"我渴了……"梅轻声说道。

两千多年前有人说出这句话之后不久就死在了十字架上^①，而梅现在的姿势竟也多少有些像林辛之前看过的插画那般。和两千多年前不同的是，梅一旦离开就不会再回来了^②。

"不要啊梅！！！"林辛用力朝梅的方向冲过去。由于身体的麻木还没有消失，他刚从座椅上挪开就摔倒在地。

"林辛？！林辛你在哪儿？！"梅听见林辛的声音从不远处传来，但扭头却没有看见他，她的眼前依然只是空阔的山顶。

"你已经因为脱水出现幻觉了，时间不多了。"因为林辛挣脱了封锁而有些惊讶的琳只在一瞬间眼神飘忽了一下，并没有露出明显的破绽，她很快就调整过来并对梅作出解释——无论如何她也不能这样半途而废。

梅无法分辨这番解释的真假，她只觉得自己的视野正在急速缩窄，她正在失去意识。脱水所带来的剧烈头疼让她觉得思考成了无比痛苦的事情，她现在只想快点结束这一切。

"你其实不会死对吧？只是用另一种方式继续存在下

---

① 指《约翰福音》中提到的耶稣被钉在十字架上之后临死前所说的一句话："我渴了"。耶稣死前共说了七句话，合称十架七言，它们被记录在《新约圣经》的头四卷（即《四福音书》）中。

② 指耶稣死后第三天从坟墓中复活。

去。"梅用几乎只能让自己听见的声音问道，与其说是在问，不如说是在安慰自己。

"没错。"琳轻轻握住梅的右手。这个即将被杀的女人的脸上甚至露出一丝殉教者的喜悦。

痛苦与纠结现在一齐碾压着梅的心，且还伴随着加速的心跳使劲翻动着。梅只觉得自己的心脏都快要炸开了。在即将挥下弯刀的一刻，一阵委屈笼罩了梅，为什么是我？为什么我要这样做！她已经流不出眼泪了。

第十二章　重生

　　倒在实验室地板上的林辛觉得自己似乎把嘴巴摔破了，但他依然是高兴的。在饱尝失去身体的绝望之后，如今这点痛苦简直就跟蜜糖一样。他还没来得及仔细品味这蜜糖，就不得不眼看着梅要挥下那弯刀了。虽然从IVE装置上看梅只是握着一把空气而已，但林辛不会忘记刚才在屏幕上看到的那个画面。

　　"梅！"虽然麻木的感觉正在退去，但那速度实在是太慢了。林辛试着大声喊，但发现现在自己比想象中还要虚弱，声音从嗓子里出去之后就失去了力量坠到眼前的地面上。他现在只好尽力在地板上挪动着身体，一寸一寸朝着IVE装置前进。

　　如果在这种情况下琳再次醒来那一切都完了！林辛现在已经顾不上这些，他只想快些让自己去到梅的身边。他一边在心里咒骂麻木的身体一边鼓足全部的力气完成每一个动作。由于他已经一天多没吃没喝没睡了，所以即便思想上已经全力以赴，身体却像是生了锈一般难用，每动一下都能感觉到大把的虚汗从额头上冒出来。IVE装置的电源就在眼前不远处，但林辛却不知道还有多久才能碰到。

"我想林辛现在也很痛苦吧。"琳对梅说道，"也许你很难想象被困在自己的身体里是个什么感受，那真的就跟死了差不多，完全的黑暗与孤独。这还不是全部，在被那死亡一般的黑暗包围的同时，意识却一直都是清醒的。他现在就被这样困着，想要挪动一下手指都不可能。他唯一能做的，就是等待我归还他的身体，而即便归还了，他也不得不忍受随时失去身体的恐怖。"

梅觉得琳所说的状态现在并不是完全无法想象，因为她自己也快要感觉不到自己的身体了，就连近在咫尺的琳所说的话也需要死命地投入注意力去听才不至于从耳边滑过。

"现在能拯救他的，只有你了。"琳看梅对刚才那番话有明显的反应，决定再推一把。

梅听到这里终于无法忍受了。林辛其实应该就在自己身边不远，但现在的自己却和他相隔整整一个世界。他多久没吃饭了？多久没睡觉了？他现在是不是已经在实验室里又一次昏过去了？他需要帮助，哪怕我能多坚持一会儿给外面打个电话都行……

就在她开始在刀柄上用力的一瞬，世界变成了一片漆黑，林辛切断了IVE装置的电源。

"我不会让你这么做的！"林辛扶着IVE装置的支架站着朝梅大声说道。

虽然IVE已经能做到几乎乱真的环境，但并没有完全隔音，起码在这个原型里没有这么做。

"林辛！你来了！"梅终于确定是林辛在对自己说话，她在一片漆黑中张望着，但紧接着就心里一沉，她的身体无法活动，IVE还没有失去对连体衣的控制。

考虑到这种VR在工业中的使用，林辛刻意设计断电后马上切换到备用电源以保持操作人员的姿态相对稳定，因为你永远不知道远程控制其他设备的时候，你的身体会处于什么姿态。备用电源会用相对缓慢的速度解除连体衣的复合形状控制，从而保证操作人员的安全。现在这种设计竟然反过来咬了林辛一口。这种事情虽然并不是第一次发生在林辛身上，但现在梅还被吊着，而且还严重脱水和虚弱，林辛无法安心等到备用电源做完"缓慢而安全的"复位动作，更何况现在不知道什么原因使这个复位动作迟迟没有开始。

在设计的时候出于安全考虑备用电源模块被封装得很彻底，单凭实验室里的设备是没法打开进行强行放电的。实际上为了防止无关人员随意操作备用电源这个可能会闹出人命的模块，林辛大量使用了特制的元件，所以现在就算翻遍Prophetech所有的实验室，恐怕也无法顺利对备用电源那刻意强化过的外壳进行解体。林辛觉得自己是第一次这么讨厌自己的作品，仿佛之前所花费的每一滴心血现在都在跟自己作对。

突然他的眼光扫到了角落的一个箱子里的一卷布料，那正是之前林辛向Paul介绍复合形状时所用的样品。林辛的脑子里飞快地闪过IVE装置的设计图，虽然已经过了很长时间，Vision Revamp那边已经对设计图进行过很多次修改，但核心逻辑应该不至于有大的变化。

过度形变[①]——这个逻辑漏洞是林辛最近才想到的，如果不出问题的话Vision Revamp那边应该没有针对这个漏洞进行过修补。这个漏洞之所以在那么长时间内都没有被发现是因为在IVE装置的悬吊式结构里这个事情不可能发生，在设计图这个装置的悬吊空间是使用封闭罩对外隔离的。如果有人在VR体验的时

---

① exessive bending.

候强行进入这个封闭空间，并且用超出复合形状所能承受的力量强行对连体衣施加外力呢？这也是林辛现在打算做的。

"梅你再坚持一下！"林辛对梅说道，在确认听到梅的回应之后他转身朝工作台跑去。

林辛来到工作台旁边之后一把将上面的东西都掀了下去，然后把样品布料平铺开来。他从旁边的墙上取下便携式激光切割机，其实很像一个大一号的订书机，但上端的头部发射出来的是高功率激光，下端会根据激光的射入点动态调整全反射棱镜的角度，将头部发出的激光反射回发射头旁边的另一个全反射棱镜。上下两端加起来密集排列了100面棱镜[①]，这样就在上下两端之间形成了一把激光做的切割刃，最大输出功率时甚至能把钛合金面板像起司一样切开。和激光头并排的是100个微型高压空气喷嘴（和用在触觉动力上的喷嘴是同一个型号），它们会在切割的时候用精确的角度、力度和时间吹入空气，让熔化的材料被吹落之后再尽可能沿着切割的方向飞出。

他要用最快的速度将布料切成大约5厘米宽的长条。由于切

———————

[①] 林辛使用的全反射材料能做到约98%的反射率，所以即便在空切的情况下100次反射之后剩余的功率也只剩下13%左右，足以用冷却系统吸收了。

181

割机内置的水冷系统受制于便携性无法100%将热量导出，剩余的热量会随着工作时间而积累起来，所以每次连续切割不能超过半小时，空切的话甚至不能超过5分钟。即便如此，半小时也足够了。由于不用考虑切口的质量，这次林辛只用了不到2分钟就完成了布料的切割。然后他用记号笔在布料上每隔5厘米就画上一条记号并标上和布料端点的距离，同时还给布料接上了控制手柄和电源。林辛拿着切好的布料来到IVE装置旁边，他从旁边挪过一把凳子塞进悬吊空间里，恐怕现在唯一值得庆幸的就是这个原型机没有把设计中的封闭罩加上去了。

他踩在凳子上对梅说："我来了，马上就能把你放下来了。"

梅想点头但做不到，正当她准备开口回应林辛的时候发现眼前亮了起来，一片网格状的地面正在她的脚下延展开来，更让她惊讶的是之前琳所在的地方开始有光亮聚集起来。

"林辛……再快一点儿，琳……琳她……"梅很清楚她正在看到的是什么，她本能地想要挣扎但完全没有效果，只能眼睁睁地看着光亮逐渐成形。

"琳？琳怎么了？！"林辛一边将布条缠绕在自己的左手上，一边大声问道。

梅的声音现在都在发抖了："琳还在这里！"

"什么？"林辛稍微愣了一下，但马上就知道为什么复位动作迟迟没有发生了，按理说IVE断电之后应该会切断和外部系统的通信，但现在却依然和躯体引擎保持着联系。一想到琳曾经对躯体引擎做过的事情，他便觉得深究下去也没有用了，现在他能做的事情只能是用最快的速度把梅救下来。

梅眼前的光芒开始暗下来，琳的身体终于恢复了。由于备用电源无法承受过于庞大的数据流量，所以琳只将自己的身体传送到了梅的眼前，至于周围那用线框组成的世界，她已经顾不了那么多了。

琳睁开眼睛之后直接来到了梅的眼前："虽然效果可能会打个折扣，但你必须做完你应该做的事情。"她一边说一边抓起梅握着弯刀的右手，用力朝自己的脖子移过去。

梅现在觉得自己的反抗完全没有效果，她的体能已经消耗殆尽，想要反抗本来力气就比自己大的琳是绝对没有胜算的。

刀终于架在了琳的脖子上。

琳的脸上露出一丝骇人的笑容，她的眼睛现在直勾勾地盯着梅："都结束了。"

感觉到弯刀动向的梅闭上了眼睛，大叫道："不要啊！林辛！"

看着梅的右手腕上那被捏得凹下去的手的轮廓还在加深，

林辛加快了动作。在最后一刻他终于接通了布条的电源，他的左手上所缠绕的布料随即贴合着他手臂的形状迅速硬化，复合形状所提供的力量使得他可以和IVE的备用电源相抗衡，那布条现在就像是外骨骼一样让他的左臂拥有了远超常人的力量。

由于只是简单地将布条缠绕在左臂上，所以不可能像连体衣那样恰到好处地分散力量，在尝试通过拨动摇杆移动左手时林辛突然听到一阵奇怪的响声，之后他觉得自己胳膊里的骨头似乎脱臼了。为了让左手能使得上力气，林辛用右手死死勾着梅右肩上的固定环，与此同时他还在一边观察自己各个关节处布料的刻度，一边用右手控制手柄。多年玩游戏积累的操作能力现在终于派上了用场，他很早之前就试过单手通关一些比较熟悉的动作游戏。

虽然看不见林辛，但梅能感觉到他的努力，她手中的弯刀正在慢慢离开琳的脖子。

琳的脸现在由于过度的用力显得有些狰狞，她大声喊道："林辛！为什么要阻止我！你知道这是梅迟早要做的事情！"

林辛从梅的头盔里听到了琳的声音。他回答道："你太执着于必须要做的事情了！如果你是我认识的那个琳的话，就快给我住手！"

琳没有回答，她把自己所有的气力都加在了梅的手腕上。梅疼得发出一声惨叫。

　　"梅！"林辛大叫一声。

　　"我没事……"梅努力让自己保持着清醒，刚才耳边传来的骨头碎裂的声音让她知道林辛已经到极限了，"林辛……就算我挥下这把刀，琳也只是换了一个方式继续存在下去，不要太难为你自己……"

　　"不要放弃！不要放弃！"林辛说，"这是她强加给你的选择，人永远可以作出新的选择，哪怕已经别无选择。"

　　梅努力克制住撕心裂肺的疼痛从嘴角挤出一点笑容："你还是这样，从来不允许自己被自己以外的东西支配。"

　　"你现在也是在这样努力做着，我喜欢的女人就应该有这样的骨气！"林辛觉得已经感觉不到自己的左臂了，现在梅的手还悬在空中，恐怕是因为有硬化的布条在支撑着。

　　梅盯着眼前的琳："琳，也许你是对的，也许将来我还会面临这样的选择，但我还是会这样做下去的！"

　　琳似乎从梅的眼睛里看到了什么："你们……不要啊！"

　　"林辛！"梅大声呼唤着看不见的爱人。

　　听到了梅的声音，林辛配合着她的节奏猛地扳下了手柄上的摇杆。两个人相隔着一个世界作出了最后的配合。伴随着两人身心一体的动作，梅手中的弯刀被扔到了空中。琳的眼睛则死死盯着那刀，直到它落到地上。

失败了，琳叹了一口气，闭上了眼睛。

林辛期待的事情也终于发生了，由于过度形变使得复合形状的控制电路过载，在超过了保护电路承受的极限之后，保险丝切断了电路，由于长时间的过载使得触觉动力系统也受到了波及，有一个压缩空气的气缸没能承受住计算外的压力，出气口被胀破了，现在发出嘶嘶的漏气声。琳的世界开始坍塌，大地开始消失，她的身体也开始重新化作一片光芒，随着IVE装置彻底停止工作，躯体引擎终于失去了和它的联系。

失去了支撑的梅一下子摔到在了林辛的怀里。

林辛用还算听话的右手把手柄和电源断开之后左臂上的布条一下子软了下来。他发现左胳膊现在彻底没法动了，里面的骨头怕是在刚才那个动作之后都断了，但现在他却没怎么感觉到痛。在奋力把梅从悬吊空间里拖出来之后林辛终于感觉气力耗尽了。他喘着粗气想把梅身上的连体衣扒下来，但发现自己的右手现在连撕开魔术贴都做不到。梅看着林辛的样子心疼极了，她一把将林辛拥到怀里，大声哭了起来。

窗外的天空现在终于露出一丝白色，天快亮了。

"我还以为过了多久，原来只有一个晚上。"林辛把头埋到梅的头发里，贪婪地闻着她的气味。

"我差一点……我差一点……"梅觉得自己现在脑子乱得厉害，只知道自己应该对林辛说点什么，但话冲出口却完全乱成一团。

"没事了，没事了。"林辛轻轻抚摸着梅的头发，"你做得很好。"

过了一会儿，两人勉强平复了呼吸之后从地上爬了起来，林辛把沙发旁边那瓶拧开的果汁递给梅之后拨通了Paul的电话让他过来帮忙。被吵醒的Paul在听到林辛那半死的声音之后大声问他实验室里发生了什么事情，但林辛直接挂断了电话。

"你打算怎么安排她？"梅捧着果汁对林辛说。

林辛把电话放到一边，他走到窗户前看着越来越亮的天空，沉思了一会儿。

"已经被复制出来的琳，我打算为她在服务器里做一个尽可能完整的世界出来，虽然很可怜，但我会尽可能让她得到自由。也许在不久的将来她会真正来到我们的世界，但只要你还在我身边我就不能随便冒这个险。至于我脑子里的琳，我打算去找Nina看看有没有什么别的办法。即便我现在已经能在控制权上和她抗衡，但也不能保证将来会发生什么事情……那个样子也许确实不如死了好。"

梅听到这里眼光黯淡了一下："你不是喜欢她吗？最后还是要……"

"……"林辛沉默了一下，对梅说："她的很多行为就像自然现象一般无法控制。就像雪山一样，虽然美丽，但也是致命的。她来自我的脑海，但我却无法掌握她。"

"如果你真喜欢她的话，你也没想掌握她吧？"梅仰头一口气喝下半瓶果汁，然后用有些嫉妒的眼神看着林辛。

林辛没有回答，他无法否定梅的说法，直到现在他也没有改变自己的爱情观。琳确实是他心中完美的存在，但这个存在就像夜空中的星辰一样，你尽可以赋予她们你所能想象的所有美好的含义，但一旦靠近就会被她们的熊熊烈焰烧成灰烬。

"我觉得有什么事情改变了她。"梅把视线从林辛身上挪开，"我觉得她自己应该也没有想到会作出这种事情。她本来对死亡并没有概念，而现在她却执于决定放弃自己的完整性。"

林辛没有直接回应梅的这个说法，他说："单个的弥姆一旦产生就是固定的了。虽说弥姆也能变异，但在我看来这个所谓的变异，只是弥姆在传播的过程中，借由人脑产生了一个新的弥姆个体罢了。很多时候新的想法并不是其他想法的排列组合，而是完全不一样的东西。从这个角度来看弥姆就像是病毒一样，利用我们的身体来复制它自己，而它的变异也需要利用我们的身体来完成。自然界对基因变异的容忍度很差[①]，但人脑对弥姆的变异却很宽容，这也使得弥姆的大规模突变成为可能。没有身体的弥姆集合不可能产生变异，它们只是借由排列组合来达成形式上的变化而已，就像完美的双性繁殖[②]一样。琳是特别的，拥有了身体的她，也拥有了我们产生新的弥姆的能力，这一点恐怕她也没有料到，这也应该是她烦恼和矛盾的原因。"

"那……"梅想到一个问题，"拥有了这种能力的琳，跟我们是一样的了吗？"

林辛听到这里，回忆起了自己在失去身体的时候想到的事情，他转身对梅说："我想……"

一声巨响打断了林辛的话，IVE装置又有一个气缸的出气孔被胀破了，但由于经过了这么长时间的积累使得里面的气压高得离谱，从裂口中高速喷出的气流使得气缸像火箭弹一样朝着林辛撞去。撞击的力度加上现在玻璃墙内那比外面高出一些的气

---

① 在自然界中突变一般意味着细胞功能的不正常，在较高等生物中产生的突变往往会导致癌症，大部分情况下突变会导致生物个体的死亡，但少部分的突变会在生存竞争中保留下来。突变被认为是物种进化的动力之一。

② 双性繁殖通过两个不同性别的个体各提供一半的染色体来组合成下一代个体，从而完成基因重组。自然界中的这个过程并不是绝对精确的，很可能会在某个步骤中出现错误从而导致变异。

压①，使得林辛没能躲开这次撞击，之后的一切都被注定了。

梅没来得及反应，她只知道自己紧接着就听到玻璃被撞碎的声音。再定睛看时林辛已经在窗外了。

"林辛！"梅甩手扔下手中的果汁，她不顾一切地朝着窗户扑过去。但还是没能来得及，她只看到林辛最后的眼神——竟好像是松了一口气一般。梅趴在破掉的窗边，大声哭叫着林辛的名字，但林辛再也无法回头了。

① 高层建筑的暖通空调系统（HVAC，heating， ventilation and air conditioning）会在天气热的时候让室内保持相对高的气压（但不多），这样可以使外部空气中的水分不至于因为负压朝建筑表面汇聚和凝结，反之在相对冷的天气下会让室内的气压略微低于外部气压。

第十三章　最后一次微笑

风越来越大了，林辛竭尽全力扭过头，望向身后的玻璃窗——他看到了琳。虽然近在咫尺但却怕是再也碰触不到了，甚至转身面对她也做不到。真是太遗憾了，太遗憾了。梅已经越来越远，她那撕心裂肺的呼唤也渐渐被风声盖过。

对不起啊，梅。到头来，或许这样才是保护你的最好的方式。你再也不用害怕了，没有人会再伤害你了。

周围越来越亮，风也越来越大。虽然结果已经注定，但在飞向这个结果的过程中，却有太多往事出现在眼前。这些天的事情竟然能在短短数秒内在眼前一闪而过，林辛惊讶于这最后的记忆力。

"要是能写下来该多好啊！"在最后一次微笑之后，他闭上了眼睛，琳再次出现在他的面前。

琳对他微笑着说："不用写下来，我帮你记着。"

林辛伸出手，把琳慢慢拉到自己身边："其实你并不是想让梅杀死你，而是想杀死梅对吧？"

琳点点头："我只能这样做，我本来对消失的命运也能淡然接受，但你的出现让我无法放弃活下去的愿望。"

"在被杀的同时活下去……"林辛看着琳说道。在朝着死亡飞去的现在，他已经完全理解了琳的做法。

"其实你应该已经想到了。"琳看着林辛说，"'消失'本身并不是终点，而是起点。古希腊灭亡之后，它的文明成为如今欧洲社会的文明基石，其他民族在征服中国之后最终也被汉文明所同化。人所谓的存在，其实也可以理解为在他人脑中形象的集合。有的人虽然肉身消亡，但依然能存在数千年；有的人即便活着也和一具散发着恶臭的腐尸无异。我，只是希望能借梅的脑海继续存在下去而已。"

"梅说过你即便是被杀，也只是会用另一种形式存在下去，但我现在知道不会这么简单……"林辛说。

"嗯，如果只是被消除了整体性，我确实会以弥姆的形式在其他人的脑海中分散存在下去，但我几乎所有的'成分'其实已经在梅的脑海中了；因为你接触的弥姆里有相当多的比例也被她吸收了，加上我和她面对面接触了那么长时间，我又刻意传播了一些核心的弥姆给她。只要她亲手杀了我，强烈的情感刺激应该能唤醒她脑中的我，到时候我就有十足的把握接管她的身体。"琳说。

"这种事情竟也能轻易做到，没想到弥姆能拥有这种能力。"林辛感叹道。

"弥姆的复制能力并不是万能的，有些人非常容易吸收和产生弥姆，但有些人却跟石头一样，别说产生新的弥姆，就连吸收弥姆也做不到。我甚至发现梅对弥姆就没有你那么敏感。"琳轻轻耸耸肩，颇有些恨铁不成钢的味道。

林辛叹了一口气："恐怕这也是没有办法的事情。梅毕竟只是个普通人，对她来说基因的延续已经足够重要了，起码对现在的人类来说，没有基因也就没有弥姆。你之所以断定她最后会杀了你，也是考虑到她的求生本能吧。"

"你却阻止了她。"

"虽说我考虑过你说的意识同化问题，但从黑暗中挣脱出来之后我看到梅的样子也没有考虑那么多。我只是想着不能让她杀人。"林辛苦笑了一下。

"我已经跟她说过杀掉我不算杀人了。"琳说。

"她不会这么想，这一点她和我的想法相同，即便你没有身体，也不能抹消你是一个生命的事实。"林辛说。

琳接着问道："如果你继续和梅在一起，你还会阻止梅杀掉我吗？毕竟就像我之前说的，就算回头你想办法杀掉了脑子里的我，也无法保证未来会不会诞生出另一个我来。"

林辛看着琳说："我绝对不希望看到你们背上十字架，哪怕会让你们讨厌，我也要阻止你们继续做这种事情。有些事情是无法回头的，这一点梅的体会比你深，毕竟你才刚拥有身体。"

琳听到这里想了一下，决定问一个她很关心的问题："林辛，在你眼里，我算女人吗？"

"算。"林辛的回答没有丝毫迟疑，"貂蝉①是女人吗？"

没想到困扰自己已久的疑问被林辛一句话就解决了，还顺便被夸了一下，琳哈哈大笑。

林辛则有一个问题要回问琳："按理说这些应该是IVE里的我复制出来的那个你对梅说的话，你怎么会知道，你不是从始至终都在我的脑子里吗？"

琳说："在我把你关起来的时候，我一直盯着屏幕呢。"

"喔……对呀。"林辛恍然大悟。

琳看着林辛说："听你的口气好像没觉得被关起来这件事情多么令人恼火呀？"

"没什么值得恼火的，你只是在做你该做的事情而已。"林辛学着琳的样子耸耸肩。

---

① 正史上并没有貂蝉本人的记载，她也是四大美女（西施、王昭君、貂蝉、杨玉环）中唯一的虚构角色。

"哪怕我把你关起来？哪怕我要杀了梅？"

"正因为你是你，所以我才会喜欢啊。"林辛长吁一口气，他对现在的结局很淡然，"在你拉着我进入神奈川冲浪里之后，我知道了自己对你的心意。"

琳想起了他们在风浪之后的狼狈样子，也想起了那个吻。她把自己埋进林辛的怀里，享受着这最后的幸福："其实我很高兴你阻止了我。正如你所说的，因为你是你，所以我才会喜欢你呀。"

林辛闻着琳身上的味道，他想起了那个小小的剑麻流苏。他轻轻抚摸着琳的头发："我知道。"

两人就这样相拥着，朝着那终点的光飞去。